AF191573

Tagebuch eines Zigarrenschmugglers

Ulaş Şenkal

© 2024 Ulaş Şenkal
Alle Rechte vorbehalten

Verlag: BoD · Books on Demand GmbH
In de Tarpen 42, 22848 Norderstedt
Druck: Libri PlureosGmbH
Friedensallee 273, 22763 Hamburg
ISBN: 978-3-7597-8580-0

Eintrag Nr. 1 (So 14.02.93)

Ich halte es nicht mehr aus. Meine Gedanken, sie quälen mich, bohren sich tief in meinen Schädel wie Nadeln, immer wieder. Meine Ängste, sie lähmen mich, legen mein Leben in Ketten, und ich kann nichts dagegen tun. Es ist, als würden sie mich von innen auffressen, wie Krebszellen, die langsam alles verschlingen, was von mir noch übrig ist. Doch ich kann sie nicht loswerden, egal wie sehr ich es versuche. Der Schlaf, mein einziger Zufluchtsort, entgleitet mir wie Sand durch meine Finger. Jede Nacht dasselbe: Tausende Gedanken, die sich überschlagen – tausende Fragen, die keine Antworten finden. Ich habe Angst, dass ich bald in einem Strudel aus Verzweiflung versinken werde, dass ich zusammenbrechen werde, wie ein Kartenhaus, das beim kleinsten Windhauch in sich zusammenfällt.

Angst zu verlieren. Angst zu versagen. Angst vor all den Konsequenzen, die unweigerlich auf mich zukommen werden. Vielleicht bin ich krank? Vielleicht hat mich mein Schicksal verrückt gemacht? Doch wer würde das zugeben, wenn er den Verstand verloren hat? Es klingt absurd. Etwas stimmt nicht mit mir. Jeder Atemzug ist schwer, als würde die Luft selbst sich weigern, in meine Lungen zu strömen. Es fühlt sich an, als ob eine unsichtbare Hand meinen Hals zudrückt. Ich glaube, ich ersticke.

Verflucht sei der Tag, an dem alles begann, vor drei Monaten, als Ramon mich in diese Hölle hineinzog. Was habe ich mir nur dabei gedacht? Warum habe ich nicht auf mein Herz gehört, das mir sagte, dass dieser Weg ins Verderben führt? Damals schien es noch so einfach, so klar. Doch jetzt ... jetzt sehe ich nichts mehr deutlich. Alles verschwimmt in einem dichten Nebel aus Angst und Unsicherheit. Möge Gott mir verzeihen, was ich getan habe. Wenn ich nur die Zeit zurückdrehen könnte ...

Eintrag Nr. 2 (Mo 15.02.93)

Gestern hatte ich das Gefühl, den Verstand zu verlieren. Ein Nervenzusammenbruch? Vielleicht. Doch wenn ich meine Worte von gestern lese, erkenne ich mich selbst nicht wieder. Heute scheint die Welt wieder in den gewohnten Bahnen zu laufen, als wäre nichts geschehen. Vielleicht war ich einfach nur überfordert, erschöpft von den unzähligen, schlaflosen Nächten, die mich gequält haben. Wahrscheinlich waren es ganz gewöhnliche Stimmungsschwankungen, wie sie jeder Mensch durchmacht. Oder etwa doch mehr?

In den dunklen Stunden der Nacht fragte ich mich, ob ich wie mein Jugendfreund Jacobo leide. Er, der schon als Kind von einer endlosen Traurigkeit geplagt wurde. Jacobo war gefangen in einem Netz aus negativen Gedanken, die ihn nicht losließen. Ziellos, lustlos, suchte er nach einem Sinn in seinem Leben, doch fand keinen. Selbst die Medikamente brachten ihm keine Erlösung. Ehrlich gesagt, ich weiß bis heute nicht, was eine Depression wirklich ist. Ist es dieses nagende Gefühl von Traurigkeit und Antriebslosigkeit? Oder ist es die innere Wut, die einem den Verstand raubt?

Aber ich bin doch nicht wie Jacobo. Ich bin voller Energie, zumindest rede ich mir das ein. Ich liebe das Leben, zu sehr, um jemals in eine solche Lage zu geraten. Doch ... habe ich wirklich keine Zeit zum Trauern, oder ist es das Chaos in meinem Kopf, das mich davon abhält, den Schmerz zu fühlen? Welche Trauer? Ich bin der große Orlando, der Auserwählte im Dienst des Staates. Und dennoch, tief in mir drin, vermisse ich meine Eltern. Sie sind seit 15 Jahren nicht mehr bei mir. Gott, warum hast du mir das angetan? Warum sie? Dieser Schmerz – es tut immer noch weh, als wäre es gestern gewesen …

Und was macht wohl meine Tante Hermosa jetzt? Sie hat mir so viel gegeben, mich großgezogen, mir ein Zuhause geschenkt. Doch ich habe sie seit einer Ewigkeit nicht mehr gesehen. Wahrscheinlich ist sie mit einem Mann beschäftigt, so wie immer. Diese Frau ist unglaublich. Und doch, trotz allem, ist sie ein Engel auf Erden. Während ich hier schreibe, wird mir klar, dass ich Selbstgespräche führe. Wann habe ich damit angefangen? Früher dachte ich, nur alte, einsame Menschen, die den Verstand verloren haben, reden mit sich selbst. Nur die, die psychisch krank sind. Aber heute erkenne ich: Ich bin mein eigener Gesprächspartner geworden. Der eine Orlando stellt die Fragen, der andere versucht, Antworten zu finden. Doch beide scheitern.

Das Niederschreiben meiner Gedanken bringt keine Erlösung. Im Gegenteil, es macht mir nur noch deutlicher, wie verloren ich bin. Vielleicht ist es an der Zeit, an die frische Luft zu gehen. Zeit, eine gute Zigarre zu rauchen, die einzige Konstante in meinem Leben seit drei Monaten. Mein Balkon

ist mein Zufluchtsort geworden, mein einziges Fenster zur
Welt. Heute Nacht geht es wieder hinaus in die schwarzen
Weiten des Ozeans, unter dem kalten Licht des Mondes und
der fernen Sterne. Möge Gott mir beistehen ...

Eintrag Nr. 3 (Di 16.02.93)

Es ist 3:45 Uhr morgens. Die Dunkelheit hat mich umhüllt, als ob die Nacht selbst mich verschlingen will. Kein Strom. Der zähe, drückende Mangel an Licht scheint die ganze Welt in eine trübe Starre zu versetzen. Mit kleinen flackernden Flammen von zwei Feuerzeugen habe ich es gerade noch zur Wohnungstür geschafft. Das Mondlicht, das durch die Balkontür flutet, war mein einziger Anker in dieser Finsternis, gerade genug, um die Zündhölzer zu finden und zwei Kerzen anzuzünden. Die Schatten an den Wänden tanzen wie geisterhafte Silhouetten, und ich frage mich, ob diese Nacht mich auch in den Wahnsinn treiben wird.

Ich muss das hier durchziehen, um jeden Preis. Aber die Müdigkeit lastet schwer auf mir. Jeder einzelne Knochen, jede Muskelfaser in meinem Körper schreit nach Ruhe. Mein Rücken brennt vor Schmerzen, und mir ist übel, als ob die Übelkeit selbst ein ständiger Begleiter geworden ist. Doch das Adrenalin hält mich wach, zwingt mich, weiterzumachen. Vielleicht ist es die See, die mich krank macht. Das Meer war heute rau, wütend, als ob es mich verschlingen wollte.

Diese ersten beiden Einträge haben mir zumindest das Gefühl gegeben, nicht völlig allein zu sein. Dieses Tagebuch ist zu meinem stummen Vertrauten geworden, ein Gefährte, der meine Last mitträgt, zumindest ein wenig. Es hört mir zu, ohne zu urteilen, ohne mir Ratschläge zu geben, die ich nicht hören will. Es nimmt meine Worte auf, als wären sie kostbare Geheimnisse. Aber was weiß ich schon darüber, wie man ein Tagebuch führt? Gibt es überhaupt ein »richtig« oder »falsch«? Ich schreibe einfach alles nieder, was mir in den Sinn kommt. Einfach alles. Alle Gedanken, alle Fragen, alle inneren Monologe.

Doch ich habe Angst. Angst davor, dass ich nicht alles aufschreiben kann. Meine Gedanken, sie kommen in Strömen, wild, ungezähmt, als würden sie miteinander kämpfen, ein Chaos, das ich nicht beherrschen kann. Es ist, als ob sie mit Lichtgeschwindigkeit in meinem Kopf kreisen, ein Karussell, das mich mitreißt, begleitet von einer Kakophonie aus lauter, unstimmiger Musik. Ich habe das Gefühl, all meine Gedanken bekriegen sich. Und bevor ich einen von ihnen fassen und niederschreiben kann, wird er von den anderen erdrückt, erstickt irgendwo in den tiefen, endlosen Weiten meines Bewusstseins.

Doch was kann ich dagegen tun? Ich bin machtlos. Meine Kontrolle über meinen eigenen Geist schwindet, je mehr ich versuche, sie zu halten. Ich habe viel zu lange dagegen angekämpft, und es wurde nicht besser, nur schlimmer. Zu versuchen, meine Gedanken zu kontrollieren, ist, als würde man qualvoll ersticken. Vielleicht, nur vielleicht, verschaffen mir diese unzähligen, wirren Gedanken etwas Luft zum Atmen. Während sich das Karussell dreht, bleibt mir keine Zeit, tiefe Angst zu empfinden oder falsche Entscheidungen zu treffen. Aber die Frage lautet, ob ich überhaupt noch Entscheidungen treffe? Es fühlt sich an, als würde ich nur noch funktionieren, als wäre ich ein Mechanismus, der nur das tut, was von ihm verlangt wird.

Schön langsam wird mein Körper schwerer, meine Hände beginnen zu kribbeln und schlafen ein, und mein Geist vernebelt sich. Ich weiß nicht, wohin mich diese Reise führen wird, doch eines steht fest: Es gibt kein Zurück mehr ...

Eintrag Nr. 4 (Mi 17.02.93)

In einer Stunde geht es wieder los. Ich blicke aus dem Fenster und sehe die Dunkelheit, die sich wie ein schwerer Vorhang über die Stadt gelegt hat. Ein feiner Nieselregen fällt auf die staubigen Straßen der Stadt, und der schwüle Wind weht in mein Zimmer, bringt die salzige Luft des Meeres mit sich. Wie konnte es soweit kommen? Nachtfahrten... ich hasse sie, mittlerweile mehr als alles andere. Ich war nie ein Nachtmensch, noch weniger jetzt, wo jede Fahrt mich tiefer in die Dunkelheit zieht.

Heute ist es anders. Heute soll ich den Lastwagen zum ersten Mal selber fahren. Ein riesiges Fahrzeug, schwer und bedrohlich wie die Verantwortung, die auf mir lastet. Sicher, ich habe den Führerschein, aber was nützt mir das? 0 Praxis, und seit der Prüfung habe ich kein einziges Lenkrad mehr in der Hand gehabt. Wie soll das gut gehen? Die Straßen hier kenne ich nicht. Und dann dieser neue Treffpunkt – nicht der übliche Ort, an den wir seit Wochen fuhren, sondern eine gottverlassene Stelle irgendwo in der Wildnis, weitab der Küste, zwischen dichtem Dschungel und Klippen, die nur die älteren Fischer kennen. Wie soll ich bei Dunkelheit die Wegbeschreibung lesen? Ich kann nicht mal richtig Karten lesen. Es macht mich krank.

Es ist wie ein höhnisches Spiel. Immer wieder frage ich mich, warum ausgerechnet ich. Laut Onkel Ramon musste Ortega abgezogen werden, angeblich wird er woanders dringender gebraucht. Vielleicht ist das wahr, vielleicht aber auch nicht. Doch die Wahrheit spielt für mich ohnehin keine Rolle mehr. Ortega hatte die Ruhe und die Erfahrung, er wusste, wie man sich durch das Labyrinth der Straßen manövriert. Aber ich? Was ist mit mir? Wer denkt an mich? Wer fragt mich, ob ich kann, ob ich will, ob ich noch die Kraft habe, weiterzumachen? Niemand. Niemals.

Manchmal frage ich mich, ob das alles Schicksal ist. Ob ich dafür bestimmt bin, mich Nacht für Nacht in den Abgrund zu stürzen, auf diesen verdammten Straßen, die im Dunkeln verschwinden wie die Schatten meiner eigenen Angst. Ist das meine Bestimmung? Wer hat mich jemals gefragt, ob ich damit einverstanden bin? Niemand. Niemals. Nicht einmal Gott selbst.

Was ist nur aus mir geworden? Ich erkenne mich nicht mehr. Ich fühle mich, als wäre ich in einem fremden Körper gefangen, einer leeren Hülle, oder schlimmer, in einer Seele, die nicht die meine ist. Es ist, als würde ich von Tag zu Tag ein wenig mehr verschwinden, aufgesogen von der Leere dieses Daseins. Ich sitze und starre auf die Wanduhr, die Sekunden verrinnen so schnell, doch meine Gedanken sind träge, wie festgefahren im Sumpf der Zweifel.

Ich werde nach diesen Zeilen die alte Rumflasche von Onkel Ramon öffnen. Angeblich ist sie aus den 70er Jahren. Vielleicht wird mir ein Schluck helfen, den Sturm in meinem Inneren zu beruhigen. Vielleicht auch nicht. Was bleibt, ist ein kleiner Funken Hoffnung – dass diese Nacht nicht die letzte sein wird, in der ich aufwache und ein Stück von mir selbst wiederfinde. Möge Gott mir beistehen.

Eintrag Nr. 5 (Do. 18.02.93)

Ich habe die Nacht tatsächlich überstanden. Noch während die Dunkelheit mich umhüllte, gelang es mir, die Tour reibungslos hinter mich zu bringen. Die Fahrt mit dem Lastwagen, die ich so sehr gefürchtet hatte, erwies sich als einfacher, als ich je erwartet hätte. Pablo, ein junger Soldat mit ernstem Blick, drückte mir die Schlüssel in die Hand und sagte nur: »Wegbeschreibung, Straßenkarte, zwei Taschenlampen – alles, was du brauchst, liegt auf dem Beifahrersitz. Viel Glück, Genosse!«

Der Moment, in dem ich den Motor startete, war wie eine Verschmelzung. Das gewaltige Lenkrad schien sich meinen Händen anzupassen, als wäre es ein Teil von mir. Ich konnte es nicht mehr loslassen, als wären meine Hände daran festgeklebt. Jede Bewegung, jedes Geräusch des Motors wurde zu einer Verlängerung meines eigenen Körpers. Das Drehen im Stand war schwerfällig und verlangte meinen Armmuskeln alles ab. Die Fahrt dauerte etwa eine Stunde, doch sie verging wie im Flug. Der Lastwagen bewegte sich fast wie von selbst, als ob er den Weg bereits kannte.

Kurz vor dem Ziel passierte es – ein kleiner Fahrfehler. Für einen Moment verlor ich die Orientierung, doch ich fing mich schnell wieder und drehte um. Dabei entdeckte ich, wie viel unberührten Wald es noch an Kubas Küsten gibt, dunkle

Wälder, die wie ein Schutzschild gegen die Welt wirken. Die ausgemachte Stelle am Strand war nicht schwer zu finden; Gabriel gab mir ein blinkendes Zeichen mit seiner Taschenlampe. Er musste die brummenden, lauten Motorgeräusche des Lastwagens schon von weitem gehört haben.

Das Umladen der Kisten war kräftezehrend. 650 Kisten, jede einzelne schwer wie Blei. 150 Kisten mehr als letzte Woche. Es scheint so, als könnten wir den Hunger nach kubanischen Zigarren nicht stillen. Doch jetzt genug über die Arbeit. Der Gedanke an Onkel Ramons Rum bringt mich zurück in eine Welt des Genusses. Dieser milde, leicht scharfe Honig-Karamell-Maracuja-Sirup, der mir sanft den Rachen hinunterläuft, ist ein Moment der Flucht, ein Stück Frieden inmitten des Chaos. In den letzten Tagen merke ich, dass mich das Schreiben müde macht, fast als wäre es eine Droge, die mich in den Schlaf wiegt. Nicht, dass ich tief und fest schlafen könnte, nein, aber ich schlafe überhaupt – und das ist mehr, als ich in den letzten Wochen behaupten konnte. Vielleicht war ich wirklich nur übermüdet. Vielleicht ist alles nur halb so schlimm, wie ich es mir ausmale. Ich freue mich auf die nächste Nacht, nicht wegen der Arbeit, sondern weil ich frei habe. Eine Nacht ohne das Gewicht dieser Lastwagen und Zigarrenkisten, ohne den Druck des Ozeans. Gute Nacht, Orlando ...

Eintrag Nr. 6 (Do 18.02.93)

Die Wanduhr zeigt auf 7:32 Uhr. Die ersten Strahlen der Morgensonne durchbrechen die Dunkelheit, aber sie bringen mir keinen Trost. Ich habe keine drei Stunden geschlafen, doch ich bin dankbar, überhaupt geschlafen zu haben. Die hartnäckigen, dröhnenden Motorgeräusche des Müllwagens und das Kreischen der Metallcontainer rissen mir den letzten Funken Halbschlaf aus den Händen. In dieser Stadt gibt es keine Stille, nur eine endlose Symphonie aus Lärm und Unruhe.

In dieser kurzen, unruhigen Nacht hatte ich einen sehr merkwürdigen Traum. Kein Albtraum, aber auch nichts, das als schön bezeichnet werden könnte. Zuerst befand ich mich in einem Raum mit anderen Menschen, deren Gesichter ich nicht erkennen konnte. Sie waren nur Schatten, verschwommene Umrisse. Der Schlaf entglitt mir immer wieder, selbst im Traum. Dann war ich plötzlich in einem Haus, das wie ein Gefängnis aus Licht wirkte – Wände und Möbel, alles in einem klinischen Weiß, so steril, dass es mich frösteln ließ. Ich saß vor dem Bildschirm eines Computers, wie ich ihn nur aus den Büros der Behörde kenne. Mein Vater trat ein. Er sah mich mit einem Ausdruck an, den ich nicht deuten konnte, und bat mich, etwas für ihn zu erledigen. Etwas finden und aushändigen, doch was es war, entzieht sich meiner Erinnerung. Vor der Tür standen zwei Männer und warteten. Die

Details sind mir entglitten, verblasst wie Rauch im Wind. Der Traum war selbst im Traum verwirrend, die Bilder lösten sich auf, bevor ich sie festhalten konnte.

Später erschien ein junger Mann im Haus. Er sagte, er wolle meine Filmaufnahmen sehen, als wäre ich ein Filmemacher. Ich rannte hinauf in den ersten Stock, auf der Suche nach den Filmen, die in einer verschlossenen Tube aus Metall lagen. Plötzlich stand er neben mir, als hätte er mich verfolgt. Wir blickten beide aus dem Fenster in den Hof. Was wir sahen, war der Film, der sich in der Tube abspielte. Ich sah eine Person auf einer seltsamen, antiken, selbstfahrenden Karre sitzen. Dann eine Explosion. Der Filmemacher drehte sich zu mir um und sagte: »Es wurde scharfe Munition verwendet. Das sind gute Aufnahmen, in hoher Qualität.« Anschließend lief die Szene erneut, in Zeitlupe. Ein scharfes Bild. Ich erkannte mein eigenes Gesicht, so klar, als stünde ich vor einem Spiegel. Ich lag in der Karre, hinter meinem Kopf ein paar Dynamitstangen, die bald darauf explodierten. Doch ich blieb unversehrt, und das verwirrte mich.

Der Traum ging weiter, sprang wie ein schlecht geschnittener Film. Ich befand mich in einer Wohnung, in einem hinteren, dunklen Zimmer. Dort saß Rafael, ein alter Freund von mir, am Schreibtisch. »Ich habe dich so lange gesucht, endlich habe ich dich gefunden«, sagte ich. Eine Freude durchströmte mich, die ich lange nicht mehr gefühlt hatte.

Dann überreichte ich ihm einen Stoß alter, ausgebleichter Comichefte. »Ich habe hier etwas. Wie viel ist das wert? Was kannst du mir dafür geben?« Doch bevor er antworten konnte, sagte ich: »Gib mir einfach 70 Pesos.« Rafael griff nach dem Hörer eines schwarzen Telefons, wählte eine Nummer und sprach kurz mit jemandem. Danach legte er eine Banknote und ein paar Münzen auf den Tisch und antwortete: »Mehr als 9 Pesos kann ich dir nicht geben, mehr ist es nicht wert.«

Plötzlich klopfte es an der Tür, und ich hörte eine männliche Stimme: »Sofort aufmachen, Polizei.« Eine Welle der Anspannung durchfuhr mich, gefolgt von purer Angst. Ich begann nervös im Zimmer umherzugehen, bevor ich zur Tür rannte und durch den Spion blickte. Zwei aufgebrachte Polizisten standen da, dahinter ein Polizeiwagen mit Blaulicht. Ich rannte zurück zu Rafael und fragte: »Was ist los? Warum sind sie hier?« Rafael antwortete: »Ich habe eine Nummer, die sich auf dem Comicheft befindet, am Telefon durchgegeben, und es hat sich herausgestellt, dass sie jemanden gehört, der wegen schweren Betrugs gesucht wird.« Mein Herz raste. »Das kann nicht sein«, sagte ich, »ein Tourist, ein alter Mann, hat mir diese Hefte während einer Führung in der Zigarrenfabrik geschenkt. Das sind uralte Hefte, seine eigenen, aus seiner Kindheit.« Rafael antwortete nicht. Ich griff nach dem Geld auf dem Tisch und sagte: »Ich flüchte jetzt durch die Hintertür!«

Die Tür führte in ein kleines Waldstück, doch als ich losrannte, versanken meine Füße immer wieder im matschigen Boden. Jeder Schritt wurde schwerer, zäher, als würde der Boden mich festhalten wollen. Nach einigen Metern blieb ich stehen und kehrte um, um meine ersten Fußspuren, gleich nach der Tür, mit beiden Füßen zu verwischen. Dann wachte ich auf. Der ganze Traum war verwirrend, nichts ergab Sinn. Außer meinem Vater und Rafael waren mir alle Personen unbekannt. Was das wohl zu bedeuten hat? Ich vermisse sie beide, mehr als ich zugeben will. Doch bevor ich wieder anfange, mir den Kopf darüber zu zerbrechen, mache ich mir lieber einen Kaffee und setze mich mit einer langen Zigarre auf den Balkon, um in eine Welt einzutauchen, in der es keine Sorgen gibt ...

Eintrag Nr. 7 (Do. 18.02.93)

Dritter Eintrag heute. Irgendetwas in mir drängt mich, weiterzuschreiben. Die Zigarre hat genau eine Stunde gedauert, bis sie in Asche zerfiel. Seit ich nicht mehr in der Fabrik arbeite, erhalte ich meine Zigarren mit den Lieferungen, meistens einmal die Woche. Die Formate stimmen, doch der Geschmack ... der Geschmack ist anders. Nicht so wie bei meinen eigenen, die ich einst mit Sorgfalt rollte. Diese hier sind stärker, würziger, als ob sie mich herausfordern wollten, mich an die rauen Kanten des Lebens zu erinnern. Und jetzt, wo ich diese Zigarre bis zum Ende geraucht habe, spüre ich, wie die Müdigkeit über mich kommt, als hätte ich ein schweres Gewicht geschluckt. Hoffentlich kann ich nach diesem Eintrag endlich wieder schlafen.

Seit einigen Tagen steigt die Temperatur wieder. Die Luftfeuchtigkeit schleicht sich zurück, umarmt die Stadt wie eine erstickende Decke. Ich hoffe nur, dass es in diesem Jahr nicht zu heiß wird. Ich habe genug andere Sorgen, als mich auch noch mit drückender Hitze herumschlagen zu müssen. Und doch gibt es etwas, das mich mehr beunruhigt als die Schwüle: Seit einigen Tagen habe ich das Gefühl, beobachtet zu werden. Gerade jetzt, während ich diese Zeilen schreibe, breitet sich ein ungutes Gefühl in meinem Magen aus, wie ein kalter Stein. Es ist diese helle, großgewachsene Gestalt und die wunderschöne, rassige Frau mit dem pech-schwarzen Haar. Sie sitzen oft in dem Café, direkt schräg gegenüber von meinem Balkon. Und immer, wenn ich hinüberblicke, sehe ich, wie ihre Blicke zu mir hinaufwandern.

Vielleicht ist es nur ein blöder Zufall, ein Spiel meiner überreizten Nerven. Vielleicht nur eine Verkettung unglücklicher Zufälle, wie ich sie in letzter Zeit zu oft erlebt habe. Aber was, wenn es mehr ist? Was, wenn ich nicht nur paranoid bin, sondern recht habe? Vielleicht ist es normal, dass solche wie ich ständig beschattet werden. Schließlich verkaufe ich keine Wassermelonen auf dem Markt. Ich bin tief verwickelt in geheime Staatsangelegenheiten, so tief, dass der Dreck an meinen Händen klebt und sich nicht mehr abwaschen lässt. Aber wer bin ich wirklich? Nur ein kleiner Fisch in einem riesigen Ozean von Intrigen und Verrat. Absolut kein Bezug zum Staat, kein schützendes Netz, das mich auffangen würde. Wenn es hart auf hart kommt, werde ich fallen gelassen wie eine heiße Kartoffel oder ein benutztes Kondom, vergessen und unbedeutend. Niemand kennt mich. Ich bin nur irgendein dreckiger Schmuggler, ein verachteter Krimineller. Warum sollte man sich die Mühe machen, mich zu beschatten? Es gibt keinen Grund dafür. Ich habe meine Arbeit stets pflichtbewusst und verantwortungsvoll erledigt. Wäre ich ein unsicheres Glied in dieser Kette, hätte man mich nie für diesen Auftrag kontaktiert.

Und doch ... diese Gedanken nagen an mir. Leide ich unter

Größenwahn? Bin ich wirklich so wichtig? Oder brauche ich einfach nur einen tiefen, erholsamen Schlaf, um wieder klarer zu sehen? ...

Eintrag Nr. 8 (Fr 19.02.93)

Starke Kopfschmerzen pochen in meinem Schädel, als wollten sie mich zwingen, meine Augen fest zu schließen und vor der Welt zu fliehen. Onkel Ramons Rumflasche ist fast leer, und mit ihr scheint auch meine Fähigkeit zu verschwinden, meine Gedanken zu kontrollieren. Alles gleitet mir aus den Händen, als ob das Leben selbst ein rutschiges Seil wäre, das ich nicht mehr festhalten kann. Wie konnte es nur so weit kommen? Wie und wann habe ich die Kontrolle verloren? Wann ist dieser Moment gekommen, an dem alles aus den Fugen geriet?

Warum habe ich mich für etwas entschieden, ohne jemals wirklich bereit dafür zu sein? Warum ich? Warum jetzt? Diese Fragen dröhnen in meinem Kopf, doch sie bringen keine Antworten, nur mehr Verzweiflung. Wie gerne würde ich die Zeit zurückdrehen, die Vergangenheit verändern. Nicht nur die letzten drei Monate – nein, die letzten 15 Jahre. Obwohl diese Jahre wunderschön waren, abgesehen vom plötzlichen Tod meiner Eltern. Es gibt keinen Tag, an dem ich nicht an sie denke. Ich vermisse meine Arbeit in der Fabrik, den Geruch des frischen Tabaks, der die Luft durchdringt. Sogar der Gestank nach alten Möbeln und Schweiß, und die Stimmen der Vorleser, die Geschichten erzählten, während wir arbeiteten – all das fehlt mir.

Wie gerne würde ich wieder Tabakblätter in die Hand nehmen und meine eigenen Zigarren drehen. Wie gerne würde ich vor den Touristen angeben, flirten, und mit europäischen Frauen ausgehen, so wie früher. Einfach ich sein. Einfach frei sein. Doch stattdessen bin ich gefangen, ein Gefangener in diesem Leben, gequält von einer Last, die ich nie tragen wollte. Wie lange kann ich das noch ertragen? Wie lange kann ich mein Wort noch halten? Wie lange kann ich meine Pflicht noch erfüllen, bevor ich unter dem Druck zusammenbreche?

Wie kann ich das alles beenden? Kann ich es überhaupt beenden? Und wenn ja, bedeutet das gleichzeitig mein Ende? Diese Fragen brennen in mir, aber ich habe keine Antworten. Im Moment kann ich keine einzige dieser Fragen beantworten. Doch ich weiß eines: Wenn ich eines Tages die Antworten finde, wird diese Qual ein Ende haben. Nur die Suche nach diesen Antworten gibt mir die Kraft, weiterzumachen, einen Sinn, an dem ich mich festhalten kann.

Ich hoffe, dass dieser Eintrag mir wieder etwas Ruhe bringt, dass er mir die Luft verschafft, die ich dringend benötige, um die nächsten, kräfteraubenden, nächtlichen Touren zu überstehen ...

Eintrag Nr. 9 (Sa 20.02.93)

4:45 Uhr morgens. Gerade aufgewacht, schweißgebadet, mit rasendem Herzen und einer Übelkeit, die mich beinahe niederringt. Kaum eine dreiviertel Stunde geschlafen, doch es fühlt sich an, als hätte ich überhaupt nicht geschlafen. Die Dunkelheit ist erdrückend, und der Stromausfall macht es nicht besser. Zum Glück habe ich, wie viele andere Kubaner auch, einen großen Vorrat an Kerzen. Das flackernde Licht ist mein einziger Trost in dieser undurchdringlichen Nacht.

Ich hatte wieder einmal einen seltsamen Traum. Ein Traum, der mich verstört und verwirrt zurücklässt. Ich befand mich in der Wohnung eines ehemaligen Schulfreundes, Marco. Wir gingen zusammen in den Kindergarten und später in die Grundschule, bevor der Kontakt abbrach, als meine Eltern und ich in eine größere Wohnung im Stadtzentrum zogen. Voriges Jahr traf ich ihn zufällig auf einer Baustelle wieder, nach 17 Jahren. Aus ihm ist ein gefragter Mechaniker für große Baumaschinen geworden.

In meinem Traum lebte Marco in einer Dachgeschosswohnung im ländlichen Teil des Bezirks Guanabacoa, dort, wo wir tatsächlich aufgewachsen sind, fast schon an der Stadtgrenze. Es waren nur wir drei – Marco, seine Freundin Noelia, und ich. Noelia, die damals ein schüchternes Kind war, ist jetzt eine bildhübsche Frau. Das Zimmer war dunkel, die Stimmung seltsam neutral, nur ein schwacher Lichtstrahl drang durch ein kleines Fenster. Wir unterhielten uns, doch worüber genau, das entzieht sich meiner Erinnerung. Irgendetwas in mir sorgte sich um Noelia, als ob eine unsichtbare Bedrohung über ihr schwebte. Ich erinnere mich nur noch an die Frage, die ich Marco stellte: »Ist das korrekt, was du mit ihr machst?« Dann ein plötzlicher Schnitt – Filmriss ...

Plötzlich saßen Marco und ich in einem Hubschrauber. Wir flogen über eine mystische Landschaft, eine Zeitreise in die Vergangenheit. Unter uns breiteten sich dichte Wälder, kristallklare Seen und ein riesiger Krater aus, der aus einer Ära stammte, in der noch Dinosaurier die Erde beherrschten. Der Anblick war atemberaubend, doch etwas Unheilvolles lag in der Luft. Die tropischen Wälder rund um den Krater waren teilweise gerodet, viele Baumstämme lagen gestapelt übereinander. An einigen Stellen standen Baugerüste für Bohrtürme, riesige Rohre warteten nur darauf, bald in Betrieb genommen zu werden. Während Marco sicher angeschnallt hinter dem Piloten saß, stand ich rechts außerhalb der Kabine auf dem Landegestell, hielt mich krampfhaft am Sitz fest. Ein seltsames, gemischtes Gefühl aus leichter Übelkeit, Angst und Faszination überkam mich.

Wenig später spürte ich, wie meine Arme schwer wurden, meine Kraft schwand. Es wurde immer schwieriger, mich festzuhalten. Panik stieg in mir auf, und ich schrie: »Sicher mich ab!« Offensichtlich trug ich einen Sicherheitsgurt, aber er war nicht befestigt. Marco zog drei dünne Seile hervor und befestigte sie mit Karabinerhaken an meinem Gurt. Ich verspürte sofort eine Erleichterung, als würde eine schwere Last von meinen Schultern genommen. Kurz darauf landete der Hubschrauber sanft. Traum Ende.

Jetzt sitze ich hier, das Herz noch immer rasend, und hoffe, dass ich wieder einschlafen kann ...

Eintrag Nr. 10 (Sa 20.02.93)

Es ist 5:25 Uhr. Noch immer dunkel, und die Dunkelheit drückt schwer auf meine Schultern. Wieder ein Traum, wieder ein Hubschrauber. Tatsächlich kreist einer hier über dem Viertel, wahrscheinlich ein Militärhubschrauber bei einer Übung. Vielleicht ist das der Grund, warum meine Träume heute noch unruhiger sind als sonst, warum der Schlaf mir noch mehr entgleitet als üblich.

In meinem Traum war ich ein Teenager, auf einem Schulausflug, zurück in eine Zeit, die mir fremd und vertraut zugleich vorkommt. Wir waren etwa 15 Schüler, die über eine riesige Wiese in einem Naturpark spazierten. Ganz vorne unsere junge Lehrerin, voller Energie und Enthusiasmus. Sie wollte, dass wir Blätter von Pflanzen und Bäumen sammeln, um sie später detailgetreu abzuzeichnen. Als wir mit dem Sammeln fertig waren, setzten wir uns an den ausgemachten Platz. Ich schaute nach rechts und bemerkte einen abgezäunten Kinderspielplatz, auf dem verrostete Geräte wie eine Rutsche und eine Schaukel standen. Kein einziges Kind in Sicht, nur das leere, verlassene Spielzeug. Dahinter ein stiller See, doch bevor ich ihn genauer betrachten konnte, hörte ich plötzlich das ohrenbetäubende Geräusch eines Flugzeugs.

Ein riesiges Militärflugzeug flog tief über den See und ließ eine Bombe fallen. Beim Aufprall explodierte sie, und eine

weiße Wolke breitete sich horizontal in alle Richtungen aus,
wie eine Welle aus Rauch und Tod. Panik erfasste mich, und
ich rief eine Warnung, während die Lehrerin schrie: »Los,
weglaufen!« Wir alle liefen, so schnell wir konnten, in west-
liche Richtung, weg von der Explosion. Dann... Filmriss.

Der Traum setzte sich in der Stadt fort. Unsere Schulgruppe
befand sich nun inmitten der Straßen, in einer weniger belebten Gegend, und wir gingen eine Straße hinauf. Ich war
ganz vorne, führte die Gruppe gemeinsam mit Hernando an.
Hernando war nicht mein Schulkamerad, sondern ein alter
Freund, den ich von der Straße kannte, genauer gesagt, vom
Hauptbahnhof. Wir unterhielten uns, doch plötzlich zer-
schnitt das laute Dröhnen eines Hubschraubers die Luft. Ich
drehte mich um, schaute zum Himmel, aber die Wolken-
decke war zu dicht, um etwas zu sehen. Doch der Lärm kam
näher, bedrohlicher, fast als würde der Hubschrauber direkt
über uns schweben.

Als ich wieder nach vorne schaute, überkam mich eine Welle
aus Angst und Adrenalin. Vor uns, etwa 150 Meter entfernt,
hatte das Militär die Straße gesperrt. Postierte Soldaten mit
Gewehren in der Hand, ihre Gesichter hart und unbeweg-
lich. Ich schrie: »Los, rennt runter und versteckt euch vor
dem Hubschrauber!« Panik griff um sich, und alle begannen
zu rennen. Die Soldaten eröffneten das Feuer, und ich hörte,
wie die Patronen gefährlich nah an meinen Ohren vorbei-

flogen. Dann wachte ich auf.

Was das wohl zu bedeuten hat? Wahrscheinlich hat mein Unterbewusstsein die Geräusche des echten Hubschraubers während des Schlafs wahrgenommen und versucht, sie auf seine Weise zu verarbeiten. Einen kühlen Kopf zu bewahren, fällt mir in diesen Tagen wirklich schwer. Ich werde jetzt aufs Klo gehen, mir einen Schluck Wasser gönnen und dann versuchen, wieder einzuschlafen ...

Eintrag Nr. 11 (So 21.02.93)

Heftiger Regen prasselt gegen die Fenster, als würde der Himmel versuchen, die ganze Insel in Wasser zu ertränken. Der Lärm des Unwetters draußen mischt sich mit dem tiefen Grollen in meiner Seele, als ob die Natur selbst meine innere Unruhe widerspiegeln würde. Um mich zu beruhigen, habe ich eine Kokosnuss angebohrt und die letzten Tropfen von Onkel Ramons altem Rum hineingegeben. Jetzt sitze ich hier, schlürfe diesen seltsam beruhigenden Mix durch einen selbstgebastelten Papier-Strohhalm und hoffe, dass der süße, schwere Geschmack des Rums die bösen Geister in mir besänftigen kann...

Das Gespräch mit Gabriel von vorgestern Nacht geistert mir noch immer durch den Kopf. Während der Hinfahrt zur Umladestelle hatten wir auf dem Boot ein wenig philosophiert. In der Dunkelheit, nur umgeben von den Wellen und der Weite des Meeres, hatte ich angedeutet, dass ich in letzter Zeit viel nachdenke und schlecht schlafe. Gabriel, der sehr erfahrene, unerschütterliche Kapitän, hat meine Worte ernst genommen, obwohl er nur kurz darauf einging. Gabriel ist nicht nur ein guter Kapitän, er ist ein Mann, der das Leben kennt – in all seinen harten Facetten. In Chile war er Fischer, ein einfacher Mann, der die Härte des Lebens und der Welt kannte. Nach dem Militärputsch änderte sich alles. Gabriel und seine Frau schlossen sich dem bewaffneten Widerstand an, kämpften für das, was ihnen wichtig war. Aber als die Lage aussichtslos wurde, mussten sie fliehen – über die Anden nach Bolivien, dann weiter nach Kuba. Der Flug, der sie in Sicherheit brachte, wurde mit der Goldkette seiner Frau bezahlt, einem Erbstück von ihrer Großmutter. Eine Kette, die wie eine Verbindung zu einer besseren, friedlicheren Vergangenheit war. Eine traurige Geschichte, und doch, Gabriel hat sich nie beklagt. Diese Ereignisse haben ihn nicht gebrochen, sie haben ihn nur stärker gemacht. Er ist immer noch ein gut gelaunter, überzeugter Sozialist, der sein Leben einem höheren Ideal gewidmet hat.

Ich schreibe diese Zeilen auf, um mir erneut vor Augen zu führen, wozu Menschen fähig sind, selbst – oder gerade – unter widrigsten Umständen. Gabriels Geschichte soll mir Mut machen, mir helfen, einen Ausweg zu finden. Doch während ich hier sitze, wird mir klar, dass meine Geschichte nicht seine ist und sie niemals dieselbe sein kann. Meine Zweifel, meine Sorgen sind so tief in mir verankert, dass sie sich kaum mit einem einfachen Vorbild wegwischen lassen.

Eigentlich wollte ich in diesem Eintrag Gabriels Worte verarbeiten, die mich seitdem nicht mehr loslassen: »Solange du nicht ein Leben führst, so wie du es dir vorgestellt und vorgenommen hast, nicht das machst, wofür du geschaffen wurdest, wirst du niemals glücklich sein. Es spielt absolut keine Rolle, ob du genug zu essen, Sicherheit, eine Partnerin, viele Freunde und sonst alles hast. Du kannst und wirst niemals glücklich sein! Ich diene dem Sozialismus. Das ist das Leben, das ich mir vorgenommen habe.« Diese Worte trafen mich wie ein Blitz, durchzuckten meinen Geist und ließen mich erschüttert zurück. Doch ich ließ mir nichts anmerken, zumindest glaube ich das. Diese Worte haben etwas in mir ausgelöst, eine Art innere Unruhe, die mich seitdem nicht mehr loslässt.

Auf der Rückfahrt im Laster versuchte ich, Antworten auf diese Fragen zu finden. Was für ein Leben hatte ich mir eigentlich vorgestellt? Was wollte ich vom Leben? Und was, zum Teufel, wollte das Leben von mir? Was möchte ich jetzt, in diesem Augenblick? Bis vor einigen Monaten war alles in Ordnung – zumindest dachte ich das. Ich stellte mir diese Fragen nicht, weil sie keine Bedeutung hatten, weil das Leben seinen Gang ging, wie immer. Aber jetzt? Wieso stelle ich mir diese Fragen jetzt? War wirklich alles in Ordnung, oder habe ich mir nur etwas vorgemacht? War ich traurig und unglücklich, ohne es zu wissen? Habe ich meine Trauer und den Schmerz über den Verlust meiner Eltern all die Jahre verdrängt? Und wenn ja, wie war das überhaupt möglich?

Fest steht, ich bin kein Idealist und war es auch nie. Mich interessieren Ideologien nicht wirklich. Gleichheit, Brüderlichkeit, Gerechtigkeit, Wohlstand für alle – das sind schöne Konzepte, aber sie sind leider in der Theorie gefangen. Seit

Jahrhunderten werden sie benutzt und missbraucht, und wahrscheinlich werden sie niemals einen Platz in der Realität finden. Mit solchen Floskeln kann ich mich nicht mehr motivieren. Ich will nicht selbstlos der Allgemeinheit dienen, ohne dass dabei etwas für mich herausspringt. Floskeln haben für mich keinen Wert mehr. Die versprochenen Silberbarren von Onkel Ramon habe ich bis heute nicht gesehen. Alles nur Worte – nichts Greifbares. Fragen über Fragen, unangenehme Fragen, denen ich lieber aus dem Weg gehen würde, doch ich weiß, ich muss mich ihnen stellen.

Ich bin angespannt, sehr angespannt, und das Schlürfen des Rum-Kokos-Mixes zeigt noch immer keine Wirkung – zu wenig Rum, zu viel Kokoswasser. Die bittere Ironie des Lebens in einer Nussschale. Vielleicht hilft eine Zigarre. Der Gedanke daran, den dichten, voll mit schweren Aromen bepackten Rauch tief in meine Mundhöhle zu ziehen, beruhigt mich ein wenig. Vielleicht gelingt mir heute der Durchbruch. Vielleicht komme ich einem Ausweg näher, vielleicht finde ich endlich eine Richtung, einen Weg aus diesem inneren Labyrinth ...

Doch was, wenn es keinen Ausweg gibt? Was, wenn ich für immer in diesem Zustand der Ungewissheit gefangen bleibe? Gabriels Worte klingen in meinem Kopf nach, doch sie bringen mir keine Klarheit, nur mehr Fragen. Vielleicht werde ich nie glücklich sein, weil ich nie wirklich wusste, was ich wollte. Vielleicht bin ich zu lange in der Dunkelheit herumgetappt, um den Weg ins Licht zu finden. Aber ich muss weitermachen, irgendwie. Ich werde die Zigarre anzünden, den Rauch einatmen und hoffen, dass er die Wolken in meinem Kopf, zumindest für den Moment, vertreibt ...

Eintrag Nr. 12 (Mo 22.02.93)

Der Tag fing überraschend gut an. Noch bevor die Sonne über den Horizont kroch, weckte mich das schrille Klingeln des Telefons. Gabriel war am anderen Ende, seine Stimme klang hell und erfreut. Er hatte sich vor Sonnenaufgang auf das Meer hinausgewagt und einen guten Fang gemacht. Er lud mich ein, so schnell wie möglich zu ihm zu kommen, um fangfrische Shrimps abzuholen. Ohne zu zögern, warf ich mir meine Kleidung über und machte mich auf den Weg. Gabriel wohnt im Stadtviertel Casa Blanca, direkt an der Küste, etwa eine halbe Stunde Fußmarsch von mir entfernt. Er lebt dort mit seiner Frau und seinen zwei Kindern in einem kleinen, aber gemütlichen Haus, das den salzigen Wind und den rauen Charme der See in jeder Ritze trägt. In einer dreiviertel Stunde stand ich vor seiner Tür, und tatsächlich, einige der Shrimps lebten noch, als ich ankam. Ihre kleinen, durchsichtigen Körper zappelten in dem Netz, als wollten sie dem Schicksal entfliehen, das Gabriel für sie bestimmt hatte.

Viel haben wir nicht geredet. Es gab keine Notwendigkeit dazu – wir würden uns in der Nacht bei der Tour wiedersehen. Außerdem wollte ich die Shrimps so schnell wie möglich zubereiten, bevor die Hitze des Tages ihnen den letzten Lebensfunken rauben würde. Einen Kühlschrank habe ich nicht. Nicht nur ich, die meisten Kubaner haben keinen. Und da sind wir schon wieder bei einem Thema, das mich wahnsinnig macht. In einem tropischen Land wie Kuba müsste jeder Haushalt einen Kühlschrank haben. Es ist eine Notwendigkeit, keine Luxusware. Aber das Handelsembargo – diese unfaire, erdrückende Abschottung Kubas von der Welt – hat uns diese einfachen Annehmlichkeiten genommen. Doch was ist mit dem ach so erfolgreichen Sozialismus? Wo sind die Früchte der Revolution, die uns versprochen wurden? Ich sehe nichts – oder sagen wir, sehr wenig. Vielleicht bin ich blind, oder vielleicht befinde ich mich in einem Ausnahmezustand, der meinen Blick vernebelt.

Kostenlose Bildung, kostenlose Gesundheitsversorgung – ja, das ist schön und gut, aber trotzdem läuft hier etwas gehörig schief. Jeden Tag Stromausfälle, die Regale in den Supermärkten sind fast immer leer. Die Touristen, die hierherkommen, erzählen von Dingen, von denen ich nicht einmal wusste, dass sie existieren. Dinge, die in anderen Teilen der Welt selbstverständlich sind. Und hier? Hier kämpfen wir um das Nötigste. Ich liebe mein Land! Ich liebe mein Volk! Genau deshalb habe ich zugestimmt, diese Verantwortung auf mich zu nehmen. Aber wie lange kann ich das hier noch durchhalten? Wie lange können wir Kubaner diesen Druck aushalten? Werden die versprochenen Besserungen jemals eintreten?

Fragen über Fragen, die mein Gedankenkarussell wieder in Schwung bringen. Ich versuche, den Strom der Gedanken zu

stoppen, doch es ist, als würde ich gegen einen Fluss an-
kämpfen. Gedankenwechsel – wenn das nur so einfach wäre.

Eigentlich wollte ich heute über das Essen schreiben. Ich
liebe warmes Essen, es ist eine der wenigen Freuden, die mir
geblieben sind. Ich liebe Meeresfrüchte, und davon haben
wir in Kuba »Gott sei Dank« mehr als genug. Die Shrimps
waren köstlich. Ich habe sie ganz einfach zubereitet – in Öl
gebraten, zwei überreife Tomaten dazu, etwas Tomatenmark
und Salz. Mehr braucht es nicht, um einen Hauch von Glück
auf den Teller zu bringen. Das Gas hat gerade noch gereicht,
doch nun ist die Gasflasche leer. Da wären wir beim nächsten Problem. Gasflaschen aller Art sind derzeit Mangelware,
und die Aussicht, bald wieder eine neue zu bekommen, ist
gering.

Onkel Ramon hatte mir Privilegien versprochen, doch bisher
habe ich nichts davon gesehen – außer der Rumflasche, die
wirklich außergewöhnlich war. Aber abgesehen davon: nur
meine 75 Pesos die Woche, regelmäßig Zigarren und, wie jeder Kubaner, Essensmarken. Auf die neuen Möbel für meine
nur theoretisch existierende Küche warte ich noch immer.
Auf die Silberbarren, die als Auszeichnung für unsere »Hel-
dentaten« gedacht waren, ebenso. Bisher wurde ich jedes
Mal nur mit Durchhalteparolen vertröstet. Morgen werde
ich Onkel Ramon wieder treffen. Hoffentlich hat er gute
Nachrichten. Ehrlich gesagt, kann ich ihm nicht einmal böse

sein. Er führt nur seine Befehle aus, er kann nicht zaubern.

Wie auch immer, der Tag verlief bis jetzt ziemlich gut, und ich möchte ihn nicht zerstören. Im Gegenteil, ich werde ihn versüßen. Nach diesem Eintrag werde ich eine von den beiden großen Bolivar Zigarren anzünden. Sie waren separat eingepackt, in einen Stofffetzen gewickelt, was mir sofort klar machte, dass es sich um besondere Stücke handelt. Die Neugierde kitzelt schon an meinen Nerven. Diesmal leider ohne Kaffee, denn ich möchte anschließend zumindest einige Stunden schlafen. Heute Nacht muss ich wieder fit sein, ich brauche einen klaren Kopf. Bei der letzten Tour gab es Probleme bei der Übergabe, die mir noch immer im Nacken sitzen. Das Meer hat uns nicht freundlich empfangen, und die Wellen der Unsicherheit rollen immer noch. Mögen die Engel mit uns sein, wenn wir uns erneut in die Dunkelheit hinauswagen ...

Eintrag Nr. 13 (Di 23.02.93)

4:35 Uhr morgens. Für mich ist es noch mitten in der Nacht. Gerade eben die Wohnung betreten, und obwohl mein Magen knurrt und der Hunger mich plagt, habe ich den Eintrag vorgezogen. Heute war ein Tag voller Ereignisse – ich weiß kaum, wo ich anfangen soll. Der Laster, den ich fahre, wird mir immer mehr zur Last. Die Tankanzeige spielt verrückt – mal zeigt sie voll an, dann plötzlich nur noch viertel voll. Das ist, als ob das Fahrzeug selbst nicht wüsste, wie viel Kraftstoff es noch in sich trägt. Und dann die Glühbirne des rechten Scheinwerfers, die vermutlich ein Kontaktproblem hat, flackert ständig. In dieser ewigen Dunkelheit muss ich immer wachsam sein, um Fehler und Unfälle zu vermeiden. Es ist, als hätte ich mir das Sehen mit den Ohren angewöhnt, als wäre ich zu einer Art menschlicher Fledermaus geworden. Obwohl, wie könnte ich wissen, wie sich eine Fledermaus fühlt? Aber so oder so, ich versuche, stets fokussiert zu bleiben, in dieser dunklen Welt, in der die Augen oft nicht ausreichen.

Die anderen, die an dieser Operation beteiligt sind, kann ich nur hoffen und vertrauen, dass sie ihre Arbeit ebenso verlässlich erledigen. Ich bin nicht für den Zustand des Lasters verantwortlich – mein Job ist es nur, die Touren zu fahren, dreimal die Woche, hin und zurück. Doch das war heute nicht das Ende meiner Sorgen. Der eigentliche Stress begann erst gegen Mitternacht, als plötzlich ein heftiger Regen einsetzte, genau während wir die Kisten vom Laster auf das Boot umluden. Der Regen prasselte unerbittlich auf uns nieder, und einige der Kisten wurden dabei nass. Zum Glück scheinen die Zigarren trocken geblieben zu sein.

Die Fahrt auf dem Boot dauerte aufgrund des Unwetters länger als gewöhnlich. Die Wellen schlugen hoch, der Wind peitschte das Wasser gegen die Bordwände, und das Boot schlingerte gefährlich in den tosenden Wellen. Jeder Augenblick fühlte sich an, als könnte uns das Meer verschlingen, doch Gabriel behielt wie immer die Ruhe, steuerte uns sicher durch die Dunkelheit. Als wir endlich die Umladestelle erreichten, war niemand dort. Die Abnehmer ließen auf sich warten, und mit jeder Minute, die verstrich, wuchs meine Unruhe. 20 Minuten später trafen sie endlich ein, durchnässt und genervt. Schon beim letzten Mal kamen sie verspätet, aber diesmal war es schlimmer.

Kaum waren sie angekommen, reklamierten sie sofort fehlende Zigarren. Ihre Gesichter waren verärgert, die Augen blitzten wütend in der Dunkelheit. Sie behaupteten, in manchen Kisten seien nur 80 statt der vereinbarten 100 Zigarren. Der Vorwurf traf mich wie ein Schlag, und ich versuchte, die beiden Männer zu beruhigen. Doch ihre Wut war wie ein loderndes Feuer, das sich nicht so leicht löschen ließ. Ich versprach, die Angelegenheit weiterzuleiten, obwohl ich mir sicher bin, dass solche Fehler kaum möglich sind. In jeder Zigarrenfabrik gibt es Arbeiter, deren einzige Aufgabe es ist, die Zigarren und Kisten auf Mängel zu überprüfen. Diese Mission ist so heikel, dass sich die Verantwortlichen keine Nachlässigkeit leisten können. Wenn wirklich Zigarren fehlen sollten, wie die Abnehmer behaupten, dann wäre ihre Aufregung verständlich, denn bei einer Menge von 800 Kisten würde das einen erheblichen Verlust bedeuten.

Doch das war noch nicht das Ende der Schwierigkeiten. Beim Loslösen der Schnur, die die Boote zusammenhielt, verlor ich mein Gleichgewicht und stürzte ins Wasser. In der Nacht ins offene Meer zu fallen, ist ein Albtraum, auch wenn ich wie immer eine Schwimmweste trug. Der Schock des plötzlichen Sturzes und die Vorstellung von Kreaturen aus den Tiefen des Ozeans gefressen zu werden, raubte mir für einen Moment den Atem. Die Dunkelheit um mich herum schien endlos. Niemand möchte zwei Stunden lang in teilweise nassem Gewand auf einem Boot sitzen, während die Kälte durch den Wind langsam in die Knochen kriecht.

Als ich endlich zurück war, sehnte ich mich nach nichts mehr als nach Wärme – einer heißen Suppe, einem wärmenden Feuer. Doch das ist ein Luxus, den ich mir nicht leisten kann. Das Gas ist aufgebraucht, und so bleibt mir nichts anderes übrig, als mich unter die Decke zu verkriechen und zu hoffen, dass der Schlaf mich bald übermannt. Vielleicht träume ich von wärmeren Orten, von Tagen, an denen die Sonne scheint und das Leben einfacher ist. Hoffentlich keine Albträume mit Hubschraubern, denn in letzter Zeit scheinen sie mich zu verfolgen. Mögen die Götter des Schlafes mir diesmal gnädig sein ...

Eintrag Nr. 14 (Di 23.02.93)

Heute Morgen wollte ich eigentlich direkt nach dem Aufwachen schreiben, so wie ich es oft mache. Gegen 9:30 Uhr griff ich nach dem Buch, nahm einen Schluck Wasser und legte mich wieder ins Bett, bereit, meine Gedanken fließen zu lassen. Doch irgendwie blieben die Worte aus. Es war, als wäre mein Geist blockiert, mein Stift festgefahren, das erste Mal, dass ich vor meinem Tagebuch saß und keine Worte fand. Enttäuscht legte ich das Buch zurück auf das Nachtkästchen und frühstückte stattdessen eine überreife Mango, die süß und saftig war, aber den bitteren Geschmack der Unfähigkeit, zu schreiben, nicht ganz verdrängen konnte.

Heute Nacht, als ich da lag, bevor ich einschlafen konnte, erinnerte ich mich an eine andere Nacht, viele Jahre zuvor. Die Nacht, die mein Leben für immer veränderte. Ich war acht Jahre alt, und die Dunkelheit, die mich damals umgab, fühlte sich genauso schwer an wie die Stille, die mich heute oft heimsucht.

Es war eine jener tropischen Nächte, in denen die Luft so schwer auf der Haut lag, dass selbst die Sterne über dem Malecon schienen, als hätten sie sich zurückgezogen, überwältigt von der stickigen Hitze. Die Geräusche der Stadt, das Klappern von Pferdehufen auf dem Kopfsteinpflaster, das Murmeln der Nachbarn hinter dünnen Wänden, all das war zu einem fernen, dumpfen Echo geworden, als der Anruf kam.

Meine Tante Hermosa, sonst immer so ruhig und stark, riss mich aus dem Schlaf. Ihre Stimme war an diesem Abend brüchig, wie der Klang von zerbrochenem Glas. »Orlando, wach auf, wach auf!«, rief sie, und obwohl ich ihre Worte kaum verstand, spürte ich die Dringlichkeit, die Angst, die in ihrem Ton lag.

Im Halbschlaf, benommen vom plötzlichen Aufwachen, tastete ich nach dem Lichtschalter, doch es blieb dunkel. Ein Stromausfall, dachte ich, wie so oft in diesen Nächten. Doch als ich die Angst in den Augen meiner Tante sah, wusste ich, dass es kein gewöhnlicher Stromausfall war, der die Nacht so furchterregend machte.

Sie nahm mich bei der Hand, zog mich aus dem Bett und führte mich hinaus, wo das alte Auto meines Onkels wartete. Die Straße war verlassen, nur das gelegentliche Bellen eines Hundes durchbrach die Stille. Die Hitze drückte auf mich wie ein schweres Gewicht, und obwohl es Nacht war, perlten mir Schweißperlen von der Stirn. Die Fahrt zum Krankenhaus war eine einzige, endlose Fahrt durch das Dunkel, und die Straßenlaternen, die wir passierten, schienen wie traurige, gelbe Augen, die auf mich herabsahen.

Im Krankenhaus roch es stark nach Desinfektionsmittel und Angst. Die gedämpften Schreie der Kranken hallten von den kalten Wände wider, und überall schienen Menschen in den Gängen zu sitzen, ihre Gesichter blass und gezeichnet von Sorgen. Ich hielt die Hand meiner Tante fest, doch in meinem Inneren begann sich eine Leere auszubreiten, ein Loch, das sich mit jedem Schritt, den wir dem Zimmer meiner Eltern näher kamen, tiefer in mein Herz grub.

Als wir schließlich das Zimmer erreichten, spürte ich die Veränderung in der Luft. Die Zeit schien sich zu verlangsamen, als die Tür sich öffnete und ich meinen Vater sah, bleich und reglos auf dem Bett liegend. Die Maschine, die ihn am Leben halten sollte, summte und piepste in einem Rhythmus, der so fern klang wie die Schläge eines Herzens, das ich nie mehr wieder hören würde. Meine Mutter, die starke, gütige Frau, die immer ein Lächeln für mich übrig hatte, lag daneben, blass und erschöpft, als hätte der Kampf, den sie gekämpft hatte, all ihre Kraft aufgebraucht.

Tante Hermosa kniete sich zu mir herunter, flüsterte mir ins Ohr: »Sie sind jetzt bei Gott, Orlando. Sie haben gekämpft, aber es war zu stark, diese verdammte Krankheit...« Doch ihre Worte waren wie scharfe Klingen, die sich in mein Herz schnitten. In dieser kalten, klinischen Umgebung, wo das Leben auf das Piepen und Summen von Maschinen reduziert war, brach etwas in mir zusammen. Ich wollte schreien und weglaufen, doch meine Beine versagten mir den Dienst. Ich stand da, ein kleiner Junge, der plötzlich die ganze Last der Welt auf seine Schultern geladen bekam.

Diese Nacht war der Anfang vom Ende meiner Kindheit. Sie war der erste Schritt in ein Leben, das von Verlust und Trauer gezeichnet war. In der Stille des Krankenhauses, zwischen den gedämpften Geräuschen von Maschinen und dem leisen Flüstern meiner Tante, erkannte ich, dass die Welt, wie ich sie kannte, für immer verändert war. Meine Eltern waren weg, und mit ihnen verschwand auch ein Teil von mir, den ich nie wieder zurückholen würde.

Vielleicht ist das der Grund für diese Stille in mir, die mich manchmal überkommt, wie ein Sturm, der unerwartet aufzieht und alles in mir zum Schweigen bringt. Eine Stille, die tiefer ist als Worte, eine Stille, die mich daran erinnert, dass ich etwas verloren habe, das ich nie wiederfinden werde.

Aber jetzt, in dieser Nacht, in diesem Moment, schreibe ich, weil ich weiß, dass das Schreiben die einzige Möglichkeit ist, diese Stille zu durchbrechen, diese Leere in mir zu füllen. Und vielleicht, nur vielleicht, werde ich eines Tages einen Weg finden, mit dieser Stille zu leben.

Doch meine Gedanken springen hin und her und gehorchen mir nicht mehr. Erinnerungen, Träume, wilde Gedanken, alles wirbelt durcheinander. Ich muss mich an der Wirklichkeit festhalten wie ein Ertrinkender am rettenden Seil, das man zu ihm herabgelassen hat.

Was habe ich heute gemacht? Nach dem Frühstück machte ich mich auf den Weg zur Polizeikaserne, um Onkel Ramon zu besuchen. Die Kaserne, ein klassisches, gelbes Gebäude im Kolonialstil, liegt in einem Stadtteil, in dem Geschichte und Verfall Hand in Hand gehen.

Onkel Ramon empfing mich wie immer in seinem Büro im ersten Stock. Er bat mich Platz zu nehmen und einen kurzen Moment zu warten, dann verließ er den Raum. In der Zwischenzeit ließ ich meinen Blick durch das antike Zimmer schweifen. Ich war zwar schon einige Male hier gewesen, aber nie hatte ich die Zeit oder das Bedürfnis verspürt, mich näher mit dem Raum zu beschäftigen. Alte Möbel sind uns Kubanern nicht fremd, doch in diesem Zimmer wirkten sie so edel, so gepflegt und sauber. Der große Schreibtisch war ein wahres Prunkstück – die Tischplatte aus massivem dunkelrotem Marmor, kühl und glatt unter meinen Fingern. Von der Decke hing ein riesiger Kronleuchter, der in grünem und blauem Licht schimmerte, mit tausenden Kristallen, die das spärliche Licht reflektierten. Daneben surrte ein goldfarbener Ventilator, vermutlich aus Messing, der so viel Wirbel machte wie ein tropischer Sturm. In diesen Momenten der Ruhe spürte ich eine merkwürdige Distanz zu dem Leben, das ich führte – eine Ahnung davon, wie es sein könnte, wenn die Dinge anders wären.

Während ich auf ihn wartete, hörte ich leise Stimmen aus dem angrenzenden Raum, wo die Tür einen Spaltbreit offenstand. Es schien, als hätte Ramon Besuch. Ich erkannte die Stimme von Ramon, doch die andere Stimme war mir fremd – tief, schneidend, fast bedrohlich. Obwohl ich nur Bruchstücke des Gesprächs verstand, wurde mir klar, dass es um etwas Wichtiges ging. Ramons Worte waren ruhig, fast beschwichtigend, aber es lag eine Spannung in der Luft, die ich nicht deuten konnte. Der Unbekannte sprach davon, dass „die Umstände günstig waren", und Ramon antwortete nur knapp: „Es muss bald geschehen." Bevor ich weiter lauschen konnte, trat Ramon ins Büro, eine Zigarette in der Hand, deren Rauch den Raum mit einem süßlichen, leicht stechenden Geruch füllte – eine Mischung aus Honig und Tabak, die er seit Jahren bevorzugte. Ich erkannte den Duft sofort, er haftete an seinen Kleidern, an seinen Möbeln, an ihm selbst.

Ich wollte nicht unhöflich sein und fragte nicht nach dem Besucher, doch dieser Geruch, der so charakteristisch für Ramon war, blieb mir den ganzen Tag in der Nase. Irgendetwas an dieser Begegnung irritierte mich.

Onkel Ramon kehrte kurz darauf zurück, die Stirn glatt, ein sanftes Lächeln auf den Lippen. Er stellte ein Glas Fruchtsaft vor mich hin und setzte sich in seinen Ledersessel. Ohne viel Aufhebens schob er mir den Humidor zu, den ich schon kannte. Er sagte nichts, doch die Geste war klar: »Nimm dir eine Zigarre.« Es war seine Art, mir zu zeigen, dass er an mich glaubte, dass er mich als Teil seiner Welt akzeptierte. Ich wählte eine Zigarre, schnitt sie vorsichtig an, und zündete sie an, wobei ich beide Hände benutzen musste, um das schwere, marmorierte Feuerzeug zu bedienen. Der erste Zug füllte meinen Mund mit dichtem, aromatischem Rauch – ein Gefühl von Beruhigung, das ich in diesen Momenten dringend benötigte.

Während wir da saßen, in Stille, begann ich über die vergangenen Tage zu sprechen, über die Müdigkeit, die mich übermannt hatte, die Verantwortung, die mich erdrückte. Ich sprach von der Angst, Fehler zu machen, von der Sorge, nicht der Richtige für diesen Job zu sein. Onkel Ramon hörte mir ruhig zu, seine Augen fest auf mich gerichtet, als wolle er sicherstellen, dass ich seine ganze Aufmerksamkeit spürte. Ich konnte sehen, dass er über meine Worte nachdachte, doch seine Antwort war einfach und beruhigend. Er sagte, dass Fehler menschlich seien, dass niemand perfekt sei, und dass ich mir keine Sorgen machen solle. Es war seine Art, mir zu sagen, dass er mich immer unterstützen würde, egal was geschah.

Ich erzählte ihm von den Abnehmern auf dem Boot, die

gestern so aufgebracht gewesen waren, weil angeblich viele Zigarren fehlten. Er nickte nur, als wüsste er bereits davon. Es war, als ob nichts, was ich sagte, ihn überraschte. Er versicherte mir, dass alles bereits geregelt sei und dass ich mir darüber keine Gedanken machen solle. Seine Worte waren wie ein Pflaster auf eine Wunde, die immer wieder aufgerissen worden war. Doch obwohl er mich beruhigte, spürte ich, dass ein Teil von mir immer noch zweifelte, immer noch befürchtete, dass viel mehr hinter der Fassade lag, als er mir sagte.

Ramons Telefon klingelte, er nahm ab und ich hörte zu, wie er mit jemand sprach, doch ich konnte dem Gespräch nicht lange folgen, meine Gedanken wanderten ab wie ruhelose Vögel, die Schutz suchen, bevor der Sturm kommt.

Ich erinnerte mich plötzlich daran, wie ich vor einigen Monaten Ramon zum ersten Mal nach der Bezahlung für die Zigarren gefragt hatte. Es war kurz nach einer unserer ersten Touren, als ich die Last der Verantwortung spürte und mir Gedanken darüber machte, wie tief ich bereits in diese Sache verstrickt war.

‚Onkel Ramon, wie wird eigentlich das Geld für die Zigarren bezahlt?', hatte ich ihn damals gefragt, zögernd, weil ich bereits spürte, dass ich eine Grenze überschritt.

Ramon, der normalerweise einen väterlichen Ton anschlug, wurde plötzlich kalt und distanziert. »Das geht dich nichts an, Orlando. Kümmere dich nur um das, wofür du hier bist.« Seine Worte trafen mich, und ich spürte, wie das Vertrauen, das ich in ihn gesetzt hatte, plötzlich Risse bekam. Er ließ keinen Raum für Nachfragen, und das Thema war für ihn beendet. Doch ich konnte es nicht aus meinem Kopf verbannen.

Seither mache ich mir meine eigenen Gedanken dazu. Es ist offensichtlich, dass das Geld auf Umwegen fließt. Ich nehme an, dass das Geld über mehrere Stellen hinweggeleitet wird – wahrscheinlich mal in bar, und mal in Form von Sonderzahlungen, die in Kuba nicht unüblich sind. Diese ‚Sonderzahlungen' sind ein offenes Geheimnis; eine Praxis, die weit verbreitet ist und es unmöglich macht, die wahre Herkunft des Geldes nachzuvollziehen. Ich vermute, dass Ramon über mehrere Mittelsmänner und vielleicht sogar über geheime Konten im Ausland verfügt, über die er die Zahlungen abwickelt.

Obwohl ich keine Beweise habe, bin ich mir sicher, dass mein Verdacht stimmt. Es ist die einzige Erklärung, die Sinn ergibt, und sie passt zu der Art, wie Ramon die Dinge regelt – diskret, effizient und vor allem: unauffällig. In den stillen Momenten, wenn ich allein bin, frage ich mich, ob ich je die ganze Wahrheit erfahren werde. Aber tief im Inneren weiß ich, dass manche Dinge besser im Verborgenen bleiben.

Onkel Ramon beendete das Gespräch, doch seine Bewegungen waren jetzt unkontrolliert und nervös. Etwas hatte ihn verstimmt, doch ich hatte nicht zugehört und wusste nicht, worum es ging.

Als wir uns verabschiedeten, sprach ich noch von der Silberkette, die ich mir so lange gewünscht hatte, und von meiner leeren Gasflasche. Onkel Ramon versprach, sich darum zu kümmern, doch ich konnte sehen, dass ihm die Versprechen, die er gemacht hatte, schwer fielen. Die Zeiten waren hart, und ich wusste, dass auch er unter dem enormen Druck litt. Er versicherte mir, dass eine Gasflasche für mich bereitstehen würde, und dass Pablo mir helfen würde, sie nach Hause zu bringen. Doch was die Silberkette anging, konnte er mir keine klare Antwort geben. Ich verstand, dass es Dinge gab, die auch er nicht kontrollieren konnte.

Nachdem ich das Gebäude verlassen hatte, setzte ich mich auf der anderen Straßenseite auf eine Bank und rauchte die Zigarre zu Ende. Sie schmeckte nicht schlecht, doch irgendwie traf sie nicht ganz meinen Geschmack. Dann ging ich Richtung Markt, um mir etwas Obst und frisches Gemüse zu kaufen. Das war vor etwa einer Stunde. Jetzt liege ich wieder im Bett und schreibe diese Zeilen. Ich habe es nicht geschafft, Onkel Ramon die ganze Wahrheit zu sagen. Der Respekt vor

ihm ist zu groß, und die Angst, ihn zu enttäuschen, überwältigend. Viel zu groß ist die Angst vor den Konsequenzen.
Er hat für mich gebürgt, mir vertraut, mich wie einen Sohn
behandelt. Und ich stecke viel zu tief drin, um einfach sagen
zu können: »Adiós muchachos, ich bin nicht mehr dabei. Ich
gehe jetzt zurück in die Zigarrenfabrik und rolle wieder Zigarren, als wäre nie etwas passiert.«

Aber es ist nicht nur die Angst vor den Konsequenzen; was
ist mit mir selbst? Viel zu groß ist die Angst vor dem Gefühl,
versagt zu haben. Was würde mein Gewissen dazu sagen?
Wie würde ich mit den starken Schuldgefühlen umgehen?
Wie könnte ich es ertragen, die Menschen, die mich lieben,
zu verraten? Ein verachteter Verräter zu sein, der ein ganzes
Volk im Stich gelassen hat. Ich spüre gerade den Druck und
die Belastung in meinem ganzen Körper. Ein scheußliches
Gefühl, als würde ich innerlich verbrennen. Mein Geist,
meine Seele, meine Gedanken – sie sind zerrissen, wie ein
Pendel schwanken sie hin und her. Die Stimmungsschwankungen treten immer häufiger und stärker auf. Zumindest
nehme ich sie jetzt bewusst wahr. Vielleicht sollte ich einfach
nicht so streng mit mir selbst sein.

Ich habe Verantwortung übernommen, die Prüfungen des
Lebens, des Schicksals, gemeistert. Ich bin nachts bei Sturm
auf dem Ozean, während andere feiern oder friedlich schlafen. Nacht für Nacht fahre ich auf der Straße und auf dem

Meer; schleppe hunderte Kisten und riskiere mein Leben, damit das Land nicht zusammenbricht. Damit Kuba lebensnotwendige Güter importieren kann. Ich habe mich nie beschwert, alles mit Hingabe gemacht, was aus heutiger Sicht etwas merkwürdig klingt. Doch heute streikt mein Geist und mein Körper. Um mich selbst zu schützen, muss ich etwas unternehmen. Ich muss etwas verändern. Aber was? Wie komme ich aus dieser Sache unbeschadet heraus?

Vor einigen Minuten schrieb ich noch davon, wie schön der Tag verlaufen würde, und jetzt gerade bekomme ich kaum Luft. Es ist, als würde ich anfangen zu ersticken. Die Stimmung ist gekippt. In der Früh brachte ich keine Zeile auf Papier, und jetzt schreibe ich gerade den längsten Eintrag überhaupt. Viel länger wird er aber nicht mehr werden, denn meine rechte Hand ist eingeschlafen, und meine Nackenschmerzen werden immer stärker. Ein Zeichen, aufzuhören. Ich werde versuchen, wieder zu schlafen. Ich weiß nicht, wie lange ich das noch durchhalten kann. Ich habe Angst, dass dieser Eintrag einer meiner letzten sein könnte. Wenn ja, sollen alle wissen: Ich liebe das Leben, ich liebe mein Land, ich liebe mein Volk.

Eintrag Nr. 15 (Do 25.02.93)

6:30 Uhr morgens. Ich habe etwas mehr als zwei Stunden geschlafen, doch es fühlt sich an, als wäre es kaum ein Augenblick gewesen. Die Nacht war ruhig – eine reibungslose Tour mit nur 400 Kisten, fast schon eine Erleichterung nach den harten Tagen zuvor. Aber auch in dieser ruhigen Nacht fand ich keine Erholung. Stattdessen verfolgten mich erneut seltsame Träume, die mich mehr und mehr beunruhigen. Zum ersten Mal träumte ich von der Zukunft, oder besser gesagt, ich durchlebte eine Art Zeitreise.

Im Traum befand ich mich in einem Klassenzimmer, doch nicht in meiner Jugend, sondern in einem Alter, das ich noch nicht erreicht habe. Ich war zusammen mit meinen ehemaligen Schulkameraden, alle um die 50 oder 60 Jahre alt, in einem sehr vertraut wirkenden Raum. Vorne, hinter dem Lehrertisch, saß eine Lehrerin, die ich nicht kannte – es war ein merkwürdiges Bild, das mich einerseits beruhigte und andererseits irritierte. Auf der linken Fensterseite saßen meine alten Schulkameraden, die Gesichter gezeichnet von den Jahren, die vergangen waren. Auf der rechten Seite hingegen saßen Kinder, die fröhlich bastelten und ständig ihre Plätze wechselten, voller Leben und Energie, ein deutlicher Kontrast zu unserer Gruppe.

Ich saß in der vorletzten Reihe und unterhielt mich zunächst mit zwei ehemaligen Kameradinnen, die in Schuluniform vor mir saßen. Beide kannte ich nur flüchtig, wir hatten nur einmal die Woche zusammen Englischunterricht. Ihre Namen sind mir entfallen, auch im Traum konnte ich mich nicht an sie erinnern. Wir sprachen über alte Zeiten, darüber, wie das Leben an uns vorüberzieht, wie vergänglich es doch ist. In ihren Gesichtern spiegelte sich die Melancholie wider, die uns alle erfasst hatte. Wir waren nachdenklich und traurig, fast als hätten wir unsere besten Jahre bereits hinter uns gelassen. Ich konnte das Alter in ihren Augen sehen, und vermutlich sahen sie das Gleiche in mir.

Irgendwann drehte ich meinen Kopf nach rechts und bemerkte Estevan, der mittlerweile ein alter Mann mit grauem Haar und Bart geworden war. Er trug eine Militäruniform, und der goldene Stern auf seiner Brust verriet mir, dass er zum Leutnant aufgestiegen war. In der hinteren Reihe, etwas versetzt, saß Daniel, ebenfalls ein alter Schulkamerad, der in einer Sicherheitsuniform gekleidet war und einen Schlagstock in der Hand hielt. Er war der Schulwächter. Er sah etwas jünger aus als Estevan, und sein Lächeln, als er mich ansah, strahlte eine freundliche Vertrautheit aus, als würde er sich sehr freuen, mich zu sehen. Sowohl Estevan als auch Daniel erzählten mir, wie schnell das Leben an ihnen vorübergezogen war, als hätten die Jahre sie überrumpelt, ohne dass sie es wirklich bemerkt hätten.

Nach dem Gespräch wanderte mein Blick zur Wand, wo die Kinder spielten. Dort stand eine gigantische Vitrine aus Glas, gefüllt mit funkelnden und strahlenden Mineralien, die das Licht der Sonne reflektierten. Ganz oben, fast an der Decke, entdeckte ich eine schwarze Pistole, die kaum sichtbar zwischen den Mineralien versteckt war. Daniel, der Schulwächter, bemerkte meinen Blick und bat mich, die Pistole für ihn herauszuholen. Gleichzeitig machte er mir klar, dass das eigentlich unmöglich sei. Warum die Vitrine nicht zu öffnen war, blieb ein Rätsel. Doch ich konnte den Gedanken nicht loslassen und fokussierte meine Blicke auf die Pistole, als könnte ich mit reiner Willenskraft das Glas durchdringen. Mein Kopf wurde heiß, und plötzlich erschienen viele gelbe Zahlen auf dem Vitrinenglas, sie flimmerten und wechselten schneller als das menschliche Auge folgen konnte. Immer neue Zahlen, eine endlose Folge von Codes, die meinen Kopf zum Bersten brachten.

Dann, ganz plötzlich, hörte ich ein lautes, metallisches Klacken. Es war, als hätte ich den unsichtbaren Schlossriegel geknackt. Die Pistole fiel nach unten, wie bei einem Kaffeeautomaten, und stand zur Entnahme bereit. Estevan sprang vor Glück auf, ging zur Vitrine und steckte die Pistole in seine Gürteltasche. »Danke, Bruder«, sagte er strahlend. »So viele Jahre musste ich ohne Pistole arbeiten. Hier, wir rauchen jetzt eine.« Doch bevor ich noch antworten konnte, war der Traum vorbei – Filmriss.

Plötzlich fand ich mich auf der Fahrbahn einer verlassenen Landstraße wieder. Vor mir stand Jonatan, ebenfalls ein alter Schulkamerad, doch er schien mich nicht zu bemerken. Er ging die Straße entlang, ohne sich umzudrehen, als ob er mich nicht sehen oder hören könnte. Ich rief seinen Namen, doch er reagierte nicht. Immer wieder rief ich laut: »Jonatan, Jonatan!« Doch es kam keine Antwort, er zeigte keine Reaktion. Dann, bei einer ungeregelten Kreuzung, blieb er stehen und drehte sich endlich um. Als ich ihn fragte, warum er sich nicht umgedreht habe, nuschelte er etwas Unverständliches vor sich hin. Bevor ich ihn erreichen konnte, kam von links ein großer Laster und überfuhr ihn. Ich schrie, wollte ihm zur Hilfe eilen, doch es war zu spät. Der Traum endete abrupt, und ich wachte schweißgebadet auf.

Die Träume werden von Tag zu Tag seltsamer, und jeder Versuch, sie einzuordnen, scheitert kläglich. Vielleicht haben sie keine tiefere Bedeutung – vielleicht sind es einfach nur Träume – Fragmente meines Unterbewusstseins, die sich in dieser Zeit der Unsicherheit manifestieren. Aber das Wissen darum beruhigt mich nicht. Sie hinterlassen einen bitteren Nachgeschmack, als ob sie mich vor etwas warnen wollten, das ich noch nicht begreife.

Ich werde mir jetzt Reis und Bohnen kochen, eine einfache Mahlzeit, die mich vielleicht wieder ein wenig geerdet fühlen lässt. Das Ritual des Kochens, so simpel es auch ist, gibt mir ein Gefühl der Kontrolle, ein Gefühl, das in diesen Tagen immer schwerer zu greifen ist. Während der Reis kocht und der Duft von Bohnen die Küche erfüllt, werde ich versuchen, die Dunkelheit aus meinen Gedanken zu vertreiben, wenigstens für einen Moment. Aber die Frage bleibt: Was bedeuten diese Träume? Und warum verfolgen sie mich so hartnäckig?

Eintrag Nr. 16 (Do 25.02.93)

Nachdem ich den Reis und die Bohnen gekocht hatte, fiel ich, ohne auch nur einen Bissen zu essen, wieder in einen unruhigen Schlaf. Die Erschöpfung hatte mich überwältigt, und ich hoffte, dass der Schlaf mir zumindest ein wenig Ruhe bringen würde. Doch wieder einmal tauchte ich in einen seltsamen Traum ein, einen Traum, der mich mehr beunruhigte als erholte.

Ich befand mich in den belebten Straßen Havannas, die Sonne brannte heiß vom Himmel, und die Luft war erfüllt von den Geräuschen der Stadt – das Hupen der Autos, das Rufen der Straßenhändler, das Lachen der Menschen, die ihren Weg suchten. Ich ging den Gehsteig entlang, direkt neben einer mehrspurigen Fahrbahn, als die Ampel vor mir auf Rot sprang. Ein modernes, schwarzes Sportauto rollte heran und hielt direkt neben mir. Das Fenster der Fahrertür war offen, und hinter dem Lenkrad saß ein großgewachsener, muskulöser Mann in grüner Militäruniform. Er trug eine Sonnenbrille, und sein Arm hing lässig aus dem Fenster, während er provokant einen Kaugummi kaute. Sein Blick war durchdringend, fast spöttisch, als ob er mich herausfordern wollte. Dieser Blick bohrte sich durch meinen Körper bis tief in meine Seele, und ich fühlte, wie eine Welle von Wut und Angst in mir aufstieg.

Ich wollte mich zur Wehr setzen, doch ich wusste nicht, wie. Plötzlich fiel mein Blick auf etwas Glänzendes auf dem Boden – ein silberner Topfdeckel, der im Licht der Sonne funkelte. Ohne groß nachzudenken, hob ich den Deckel auf und schleuderte ihn wie einen Frisbee in seine Richtung. Der Deckel traf ihn direkt im Gesicht, und ein Gefühl der Erleichterung durchströmte mich. Doch die Erleichterung hielt nur kurz an. Panik erfasste mich, und ich begann zu rennen, die Straße wieder hinunter, so schnell ich konnte.

Nach einigen hundert Metern drehte ich mich um, um zu sehen, ob er mir folgte. Tatsächlich sah ich, wie er bei der Ampel umkehrte und sich anschickte, mich zu verfolgen. Die Angst trieb mich weiter, von Tür zu Tür, doch jede war verschlossen, als hätte die Stadt sich gegen mich verschworen. Beim vierten Versuch fand ich endlich eine offene Tür – ein himmelblaues Haus, das wie eine Oase in der Wüste der Verschlossenheit wirkte. Ich eilte hinein, rannte durch den schmalen Gang und trat durch die Hintertür in eine andere Welt.

Vor mir erstreckte sich ein idyllisches, buntes Dorf, wie aus einem Gemälde. Kleine Häuser standen nebeneinander, umgeben von wunderschönen Gärten voller Blumen und Obstbäume. Doch diese Schönheit wurde durch die Zäune aus Stacheldraht getrübt, die jedes Grundstück umgaben, als wären sie Schutzwälle gegen eine unbekannte Bedrohung.

Ich folgte einem schmalen Dorfweg aus Sand und Kies, der sich sanft auf einem Hügel gabelte. Von oben kamen mir zwei großgewachsene, hellhäutige Männer entgegen, die wie europäische Basketballspieler aussahen. Sie trugen schwarz-weiße Sportschuhe und lockere Shorts, doch während der eine ein hellgraues Sweatshirt trug, hatte der andere ein ärmelloses, weißes Shirt an.

Als sie näher kamen, merkte ich, dass sie fließend Spanisch sprachen, obwohl ihr Aussehen etwas anderes vermuten ließ. Ein Gefühl von Unbehagen breitete sich in mir aus, und ich beschloss, mit ihnen zu sprechen. Ich dachte, dass ein Kleidungswechsel mir helfen könnte, mich vor meinem Verfolger zu verstecken, falls er auftauchen sollte. Daher schlug ich ihnen einen Deal vor: das hellgraue Sweatshirt und ein weißes Stirnband gegen mein Hemd und zwei Zigarren, die ich in meiner Brusttasche trug. Ich versuchte, die Zigarren so schmackhaft wie möglich zu machen, als wäre ich ein erfahrener Tabakhändler. Doch sie blieben unbeeindruckt. Einer der Männer erklärte mir, dass sie nichts mit Zigarren anfangen könnten, da sie nur Marihuana rauchten. Die Ablehnung ließ mich hektisch werden, doch ich versuchte, ruhig zu bleiben.

»Zigarren nicht, aber gegen deine Uhr würde ich den Deal eingehen,« sagte er schließlich. Ich spürte, wie mein Herz schneller schlug. Die Uhr, die ich trug, war eine sowjetische

Automatikuhr aus den 50er Jahren, ein Erbstück von meinem Großvater. Der Gedanke, sie gegen einen Pullover zu tauschen, war mir unerträglich. Doch die Angst vor dem Verfolger war stärker. Nach kurzem Überlegen bot ich ihm die Uhr an, aber nur, wenn er auch seine Silberkette und den Kreuzanhänger dazu geben würde. Nach einem Moment des Nachdenkens willigte er ein.

Wir tauschten die Kleidungsstücke. Als ich das Sweatshirt in die Hand nahm, merkte ich, dass es verschwitzt war. Es ekelte mich an, doch mir blieb nichts anderes übrig, als es anzuziehen. In diesem Moment hörte ich das laute Dröhnen eines Autos, das sich rasend schnell näherte. Panik ergriff mich erneut, und ich ließ die Silberkette fallen, bevor ich wieder zu rennen begann, diesmal den Weg hinauf Richtung Wald.

Nach einigen hundert Metern erreichte ich den Rand des Waldes, wo das letzte Haus stand – ein altes, einfaches Holzhaus, das teilweise von großen Pflanzen überwuchert war. Mein erster Gedanke war, mich im Wald zu verstecken, doch die Ungewissheit, was mich dort erwarten könnte, hielt mich zurück. Stattdessen entschied ich mich, im Haus Schutz zu suchen. Doch auch dieses Haus war von einem Stacheldrahtzaun umgeben. Beim Versuch, darüber zu springen, blieb ich mit meinem linken Bein hängen. Verzweifelt versuchte ich, mich zu befreien, doch ich verfing mich immer wieder im

Draht. In diesem Moment wachte ich mit Herzrasen auf, schweißgebadet und verwirrt.

Nun sitze ich auf dem Balkon und schreibe diese Zeilen, während ich eine von den geschmuggelten Zigarren rauche. Die Versuchung war einfach zu groß, und ich konnte in der Nacht beim Umladen nicht widerstehen, eine Zigarre aus einer der 400 Kisten herauszunehmen. Es ist eine schlanke goldbraune Zigarre, die mich neugierig gemacht hat. An ihrer Stelle legte ich eine andere Zigarre von mir in die Kiste zurück. Zwar war sie kürzer und die Farbe des Deckblatts etwas dunkler, doch bei dieser Menge würde das sicher niemandem auffallen. Tabak ist ein Naturprodukt, und je nach Ernte und Verfügbarkeit variieren die Farben der Blätter stark. Das leuchtet sicher auch unseren Abnehmern ein.

Die Zigarren haben keine Banderolen, nur die Kisten sind markiert, mit eingebrannten Großbuchstaben C oder M. Es besteht kein Zweifel, dass es sich um Cohiba und Montecristo Zigarren handelt. Schließlich hole ich diese Zigarren direkt von der La Laguito Fabrik im Botschaftsviertel Cubanacán, dreimal die Woche. Seit Tag 1 war ich neugierig auf den Geschmack, wollte unbedingt wissen, ob sie anders sind als die Zigarren aus der Serienproduktion. Jetzt habe ich die Antwort – zumindest diese eine Montecristo aus der letzten Tour, die ich gerade rauche, schmeckt außergewöhnlich. Es dürfte sich um eine echte Auftragsarbeit handeln.

Ich kann nicht mit Sicherheit sagen, wohin unsere Zigarren verschifft werden, doch es sieht so aus, als würden sie zuerst nach Mexiko gebracht, dort umgepackt und etikettiert, um schließlich als Zigarren aus mexikanischer Produktion in die Vereinigten Staaten geschmuggelt zu werden. Dort zahlen wohlhabende Kunden ein Vermögen für diese Zigarren. Einer unserer Abnehmer auf dem Boot ist Mexikaner, der andere ein Exil-Kubaner. Sie sind eiskalte junge Männer, die kaum reden und keine Informationen preisgeben. Doch das ist nicht meine Sorge. Mein Job ist erledigt, und der Rest liegt in den Händen anderer.

Während ich hier sitze, fällt mir auf, dass meine Einträge immer länger werden und ich immer mehr Informationen niederschreibe. Es ist fast so, als wollte ich, dass die Welt von mir, meinen Gedanken, meinen Gefühlen und meinen Erlebnissen erfährt. Doch ist das nicht absurd? Solange ich lebe, wird dieses Tagebuch niemals das Tageslicht sehen. Also warum das Ganze? Die Antwort ist einfach: Für mein Tagebuch! Es ist mehr als nur Papier und Tinte; es ist eine Persönlichkeit, ein Freund, ein stiller Weggefährte, der mir stets interessiert zuhört und alles von mir wissen will, ohne jemals Fragen zu stellen oder Antworten zu geben.

Eintrag Nr. 17 (Fr 26.02.93)

Heute war ich bei Gabriel und seiner Familie zum Essen eingeladen. Es war das zweite Mal, dass ich ihre Gastfreundschaft genießen durfte, und wie schon beim ersten Mal, war das Essen ein Erlebnis. Isabel hatte eine köstliche Paella zubereitet, das mich immer wieder in meine Kindheit zurückversetzt. Die großen, saftigen Reiskörner waren perfekt gegart, und die würzigen Meeresfrüchte – Shrimps, Tintenfischringe und Muscheln – schmeckten so frisch, als wären sie gerade eben aus dem Meer geholt worden. Gabriel hatte wieder einmal einen guten Fang gemacht, und Isabel verstand es, das Beste daraus zu zaubern. Ihre Kochkunst ist beeindruckend.

Leider konnte ich nicht lange bleiben, obwohl ich es mir so sehr gewünscht hätte. Gabriel und ich mussten uns noch vor unserer heutigen Tour ein wenig ausruhen. Es wäre schön gewesen, länger zu verweilen, sich in die Nacht hinein zu unterhalten, vielleicht begleitet von einem Glas Rum, das die Zungen löst und die Gedanken fließen lässt. Doch das Leben ist kein Wunschkonzert. In drei Stunden geht es wieder los, und ich muss fit sein, auch wenn mein Körper sich nach Ruhe sehnt.

Ich mache mir ernsthafte Sorgen um meine körperliche und mentale Verfassung. Bisher konnte ich draußen noch einen gesunden und glücklichen Orlando vorspielen, doch auch diese Fassade beginnt allmählich zu bröckeln. Es wird immer schwerer, die Erschöpfung zu verbergen, die mich von innen aufzufressen scheint. So etwas wie einen Schlafrhythmus habe ich schon lange nicht mehr, stattdessen trage ich dunkle Augenringe, die sich tief in mein Gesicht eingegraben haben und nicht mehr verschwinden wollen. Selbst das Fahrradfahren, das mir früher Leichtigkeit schenkte, fällt mir jetzt schwer, besonders wenn es bergauf geht. Es fühlt sich an, als hätte ich Glück gegen Unglück, Freude gegen Trauer und Ausdauer gegen ständige Kreislaufprobleme eingetauscht. Mir ist oft schwindelig und übel, was bei dieser Schlaflosigkeit, dem unregelmäßigen Essen und all den negativen Gedanken nicht verwunderlich ist.

Ich habe mich seit zwei Wochen nicht mehr rasiert. Der Bart wächst wild, ein Symbol für meine zunehmende Gleichgültigkeit gegenüber allem, was mir einst wichtig war. Ich kann mich kaum noch für etwas motivieren, besonders wenn ich alleine bin. Die Hanteln und Gewichte, die einst Teil meiner täglichen Routine waren, sind mittlerweile von einer dicken, grauen Staubschicht bedeckt. Es ist, als ob ich den Kampf gegen mich selbst verloren hätte – und der Staub auf den Gewichten ist das Zeugnis meiner Niederlage.

Während ich auf dem Balkon saß und eine Zigarre rauchte, drifteten meine Gedanken unweigerlich in die Vergangenheit ab, zurück zu den Tagen meiner Kindheit, als das Leben einfacher war. Damals schien die Welt grenzenlos, und die Zukunft war ein weites, offenes Feld voller Möglichkeiten. Ich sehe mich noch immer, wie ich mit den anderen Kindern durch die Straßen Havannas rannte, die Hitze der tropischen Sonne auf der Haut spürend, das Lachen, das durch die engen Gassen widerhallte, während wir uns in den staubigen Straßen vergnügten.

Die Abende waren besonders magisch, wenn wir uns versammelten, um den Geschichten der Alten zu lauschen, die von vergangenen Zeiten erzählten – Zeiten, die mir damals so weit entfernt erschienen, fast schon mythisch. Mein Vater war einer dieser Geschichtenerzähler. Mit seiner tiefen Stimme und seiner ruhigen Art zog er uns in den Bann, während er von den Tagen vor der Revolution sprach, von der Härte des Lebens auf dem Land und den Herausforderungen, die die Bauern zu bestehen hatten. Er erzählte uns von der Arbeit auf den Feldern, wie er und die anderen Männer das Land bestellten, in der Hoffnung auf eine gute Ernte. Es war eine harte, aber ehrliche Arbeit, und obwohl ich damals nicht alles verstand, wusste ich, dass mein Vater stolz darauf war.

Es war auch mein Vater, der mich zum ersten Mal eine Zigarre probieren ließ. Ich war vielleicht zwölf Jahre alt, und wir hatten den Tag auf den Feldern verbracht, halfen bei der Tabakernte. Es war ein heißer, schwüler Tag, und der Tabakduft hing schwer in der Luft. Am Ende des Tages saßen wir zusammen auf der Veranda unseres kleinen Hauses, die Abenddämmerung hüllte die Welt in ein sanftes, goldenes Licht. Mein Vater zündete sich eine Zigarre an und bot mir dann eine an. „Heute bist du ein Mann, Orlando", sagte er, seine Augen funkelten stolz. Ich nahm die Zigarre, zögernd, aber auch neugierig, und zog langsam und vorsichtig daran. Der Geschmack war stark, rau, und doch erfüllte mich dieser Moment mit einem tiefen Gefühl der Zugehörigkeit. Es war, als hätte ich einen unsichtbaren Übergang vollzogen, als hätte ich einen Schritt in die Welt der Erwachsenen getan.

Jetzt, wo ich an diesen Moment zurückdenke, fühlt sich die Erinnerung an, als wäre sie in einem anderen Leben passiert. Die Unschuld dieser Zeit, die Reinheit des Stolzes meines Vaters, ist jetzt durch meine eigenen Entscheidungen befleckt. Ich hätte nie gedacht, dass das Rauchen einer Zigarre mich eines Tages mit Schuld und Reue erfüllen könnte, dass es zum Symbol für das Leben werden würde, das ich jetzt führe – ein Leben voller Geheimnisse, Lügen und illegaler Aktivitäten.

Wie hat sich doch alles verändert. Diese Straßen, die damals mein Spielplatz waren, sind jetzt Schauplätze von Kämpfen um das tägliche Überleben. Die Zigarren, die einst ein Zeichen von Stolz und Tradition waren, sind jetzt Teil eines Netzes aus Schmuggel und Gefahr. Ich frage mich, ob mein

Vater, könnte er mich heute sehen, noch denselben Stolz empfinden würde, den er damals verspürte. Wahrscheinlich nicht. Ich denke, er würde die Zigarren aus meiner Hand schlagen und mich zwingen, den Weg zurückzufinden, den ich verloren habe.

Aber es gibt keinen Weg zurück, nur den vorwärts, durch den Nebel der Entscheidungen, die ich getroffen habe. Die Kindheit, die einmal so unbeschwert und voller Versprechen war, liegt weit hinter mir, und was bleibt, ist ein Mann, der versucht, mit den Konsequenzen seiner Taten zu leben.

Heute, während ich die Zigarre rauche, die ich mir nicht verdiene, fühle ich die Last der vergangenen Jahre auf meinen Schultern. Die Erinnerung an meinen Vater und die einfachen Tage in den Feldern ist ein bittersüßes Echo aus einer Zeit, die niemals zurückkehren wird.

Nur das Zigarrenrauchen, begleitet von einer Tasse Kaffee oder einem Schuss Rum, und das Pflegen und Gießen der Blumen auf dem Balkon bereiten mir noch Freude. Diese kleinen Rituale sind wie Anker, die mich daran hindern, völlig in den Abgrund zu stürzen. Genau das werde ich jetzt tun, bevor ich mich hinlege. Ich werde meine Blumen pflegen, meine Zigarre in vollen Zügen genießen und versuchen, zumindest für einen Moment, das Gewicht der Welt von meinen Schultern zu nehmen.

Egal, ob ich genug Schlaf bekomme oder nicht, ob ich fit oder müde bin – ich muss hart bleiben. Ich darf nicht zulassen, dass die inneren Monologe mich herunterziehen und quälen. Diese ständigen Gedanken tun nichts, außer meine Energie und die Lust am Leben zu rauben. Das ist leichter gesagt als getan, aber ich muss es versuchen. Im Moment habe ich keine andere Wahl. Ich muss weiterkämpfen, auch wenn es so scheint, als ob ich jeden Tag ein Stück mehr von mir verliere.

Eintrag Nr. 18 (Sa 27.02.93)

Jetzt ist es fast Morgen und ich denke über die vergangenen Stunden nach. Keine guten Bedingungen für einen Eintrag, die Glühbirne flackert, doch ich muss meine Gedanken niederschreiben. Unsere Tour ist gut gelaufen. Doch etwas stört meinen Geist, lässt ihn rastlos herumrasen wie ein heulendes Gespenst. Ich habe das Gefühl, dass es wichtig ist, dass es etwas bedeutet, doch ich komme nicht dahinter, was es ist. Gabriel und ich hatten eine lange, ruhige Nacht auf See hinter uns. Während wir die Zigarrenkisten auf das Boot luden, unterhielten wir uns über dies und das. Doch in den letzten Tagen war mir aufgefallen, dass seine Worte oft einen merkwürdigen Unterton hatten, den ich nicht ganz einordnen konnte. „Orlando", sagte er plötzlich, während er eine Kiste auf das Boot schob, „weißt du, manchmal muss man Entscheidungen treffen, die nicht jedem gefallen. Oftmals sind Opfer notwendig, um das große Ganze zu schützen."

Ich nickte, verstand aber nicht, worauf er eigentlich hinauswollte. „Was meinst du damit, Gabriel?"

Er lächelte nur, dieses undurchsichtige Lächeln, das ich so oft gesehen hatte, und wechselte das Thema. Doch seit ich zurück in meiner Wohnung bin, lässt mich dieser Satz nicht los. Was meint er damit? Bin ich dieses „Opfer", von dem er spricht? Habe ich ihn in irgendeiner Weise verärgert oder enttäuscht, ohne es zu merken?

Meine Gedanken drehen sich im Kreis, bis ich schließlich alle Stunden zum Schluss komme, dass ich überreagiere. Doch das nagende Gefühl bleibt, und je mehr ich darüber nachdenke, desto mehr Hinweise finde ich in Gabriels Verhalten, die mir im Nachhinein merkwürdig erscheinen. Doch welches Motiv sollte er haben, gegen mich zu sein? Mir schaden zu wollen? Ausgerechnet er? Wir sind Freunde – wir sind Brüder. Und doch ist da dieser nagende Zweifel, dieses ungute Gefühl, das etwas vor sich geht, das gefährlich ist, dicht unter der Oberfläche, wie ein Raubtier in trübem Wasser. Vielleicht ist es einfach mein Verstand, der sich endgültig in die rauschenden Weiten des Wahnsinns verabschiedet und in mir eine ganz eigene Art von Verfolgungswahn auslöst.

Eintrag Ende.

Eintrag Nr. 19 (SA 27.02.93)

4:38 Uhr. Ich bin am Rande des Wahnsinns. Die letzten Minuten waren die Hölle, und meine Hände zittern noch immer so stark, dass ich kaum fähig bin, diese Zeilen zu schreiben. Todesangst hat sich in meinem ganzen Körper festgesetzt, wie ein Parasit, der sich von meiner Panik ernährt.

Vor etwa einer Viertelstunde habe ich einen Stromschlag bekommen. Es passierte so schnell, dass ich kaum begriff, was geschehen war. Nach dem letzten Eintrag habe ich versucht, die Glühbirne in der Deckenlampe zu wechseln, weil sie flackerte, aber als ich den Sockel der Birne mit der Zange drehen wollte, spürte ich plötzlich diesen gewaltigen Ruck durch meinen Körper. Ein grelles Licht blitzte vor meinen Augen auf, und dann war da nur noch Schmerz, als ob meine Nervenbahnen Feuer gefangen hätten. Ich taumelte zurück, stolperte und fiel fast von dem wackeligen Hocker, auf dem ich stand.

Jetzt, während ich hier sitze und schreibe, herrscht Chaos in meinem Kopf. Gedanken rasen durch meinen Verstand, ein wildes Durcheinander, eine Mischung aus Angst und Verzweiflung. Ich kann weder still sitzen noch still stehen. Meine Glieder fühlen sich taub an, als ob der Strom sie für immer beschädigt hätte. Und mein Herz, es schlägt viel zu schnell, als ob es jeden Moment explodieren könnte.

Der Gedanke, dass ich jetzt einfach sterben könnte, lässt mich kaum atmen. Dieser plötzliche, unerwartete Tod, der mir so nahe gekommen ist, macht mir mehr Angst als alles andere. Es ist nicht so, dass ich den Tod nicht schon oft genug in Betracht gezogen hätte – manchmal, in den dunkelsten Stunden, erscheint er mir fast als eine Erlösung. Aber nicht so. Nicht auf diese Weise, nicht jetzt. Nicht durch einen dummen, vermeidbaren Unfall, der mich einfach aus dem Leben reißt, ohne dass ich die Chance habe, mich zu verabschieden oder irgendetwas in Ordnung zu bringen.

Ich versuche meine Atmung zu kontrollieren, aber es gelingt mir kaum. Jeder Atemzug ist ein Kampf, als ob meine Lungen sich weigern würden, die Luft anzunehmen. Meine Gedanken kreisen unaufhörlich um das, was passiert ist, und was noch passieren könnte. Was, wenn ich diesen Stromschlag nicht überlebe? Was, wenn ich einfach hier sitze und mein Herz aufhört zu schlagen?

Ich kann kaum klar denken. Die Panik hat meine Sinne vernebelt. Aber ich schreibe, weil es das Einzige ist, das mich jetzt noch irgendwie am Leben hält. Ich weiß nicht, ob ich diese Zeilen jemals wieder lesen werde. Vielleicht werden sie die letzten Worte sein, die ich hinterlasse. Ein hastig hingekritzeltes Testament eines Mannes, der Angst hat, allein und unbemerkt in einer dunklen Wohnung zu sterben.

Aber ich darf nicht sterben. Nicht jetzt, nicht so. Ich habe noch Dinge zu erledigen, Aufgaben, die ich erfüllen muss. Menschen, denen ich noch etwas schulde. Mein Herz rast weiter, und ich versuche, mich daran zu erinnern, wie man sich beruhigt, wie man die Kontrolle über seinen Körper zurückgewinnt. Es ist, als ob alles in mir rebelliert, als ob der Schock nicht nur meinen Körper, sondern auch meine Seele getroffen hat.

Ich habe Angst. Angst vor dem, was gerade mit mir passiert, und noch mehr Angst vor dem, was kommen könnte. Aber ich darf diese Angst nicht gewinnen lassen. Ich darf noch nicht sterben. Nicht so und nicht jetzt.

Eintrag Nr. 20 (Sa 27.02.93)

Es sind jetzt einige Stunden vergangen, seit ich den Stromschlag bekam, und ich spüre immer noch die Nachwirkun-
gen – nicht nur in meinen Gliedern, sondern auch in meinem
Geist. Es ist, als hätte dieser Schock etwas in mir geweckt,
eine Art Verzweiflung, die ich nicht mehr loswerde.

Nach dem Schock und meiner panischen Reaktion war mir
klar, dass ich dieses Problem nicht allein lösen konnte. Der
Stromkreis war beschädigt, und die Glühbirne hatte sich in
ihrem Sockel verkeilt, ein klares Zeichen, dass etwas Grö-
ßeres nicht stimmte. Trotz meiner Angst beschloss ich, mich
zu sammeln und das Problem Schritt für Schritt anzugehen.
Zuerst schaltete ich die Sicherungen im alten Sicherungs-
kasten ab, der sich in der dunklen Ecke der Küche befand.
Mit zitternden Händen und dem schwachen Licht einer Kerze überprüfte ich jede Sicherung einzeln. Eine von ihnen war
durchgebrannt.

In diesem Moment dachte ich an Paco, den Elektriker, der
nicht weit entfernt lebt. Noch immer zitternd und mit einem
mulmigen Gefühl im Magen, entschied ich, ihn zu rufen.
Paco war zwar oftmals unzuverlässig, aber er verstand sein
Handwerk und würde sicher eine Lösung finden. Mit einem
schweren Herzen und der Gewissheit, dass ich nicht länger
allein in dieser Dunkelheit bleiben konnte, machte ich mich

auf den Weg zu ihm.

Paco kam eine Stunde später, müde und verschlafen, aber bereit zu helfen. Er brachte seine alten Werkzeuge mit und begann sofort, die Sicherung zu wechseln. Während er arbeitete, redeten wir kaum, aber seine ruhige Präsenz beruhigte mich. Nach einer Weile funktionierte der Strom wieder, und ich fühlte mich wieder besser. Paco schaute mich an, lächelte müde und sagte nur: »Das wird nicht lange halten, Orlando, diese alten Leitungen sollten erneuert werden.« Als wüsste er nicht genauso gut wie ich, dass das unmöglich war – mit welchem Material?

Ich nickte nur, unfähig, mehr zu sagen, aber innerlich wusste ich, dass es noch viele Dinge in meinem Leben gab, die nicht lange halten würden. Diese Nacht hatte mir gezeigt, wie zerbrechlich alles geworden war, nicht nur die Elektrik meiner Wohnung.

Nachdem ich mich beruhigt und das Problem gelöst hatte, entschied ich mich, hinauszugehen. Meine Schritte führten mich nicht, wie gewöhnlich, zum Meer oder in die vertrauten Straßen Havannas, sondern zu einer kleinen Kirche, die ich schon lange nicht mehr betreten hatte. Es war nicht der Glaube, der mich dorthin trieb – nein, mein Glaube hat sich in den letzten Jahren in eine bloße Erinnerung verwandelt, ein Relikt aus einer Zeit, als das Leben einfacher und weniger schmerzhaft war. Es war die pure Verzweiflung, die mich in dieses alte, stille Gotteshaus führte.

Die Kirche lag versteckt in einer engen Gasse, ihre Mauern von der Zeit und der tropischen Feuchtigkeit gezeichnet. Die Tür knarrte, als ich sie öffnete, und der Geruch von altem Holz und Weihrauch empfing mich, wie ein Hauch aus einer anderen Welt. Drinnen war es kühl, fast kalt, und der Raum war erfüllt von einer Stille, die so tief war, dass sie mich fast überwältigte. Ich war allein, bis auf die stillen Heiligenfiguren und das große Kreuz über dem Altar.

Ich ging langsam den Mittelgang entlang, und meine Schritte hallten in der Stille wider. Jeder Schritt schien mich tiefer in meine eigenen Gedanken zu führen, als ob die Stille der Kirche den Lärm in meinem Kopf noch lauter machte. Meine Gedanken wanderten zurück zu meinen Eltern, zu der Erziehung, die sie mir gaben, zu den Werten, die sie mir einflößten – Ehrlichkeit, Gerechtigkeit, Glaube. Wie weit habe ich mich doch von diesen Werten entfernt.

Vor dem Altar blieb ich stehen. Ein Dutzend Kerzen flackerten dort, ihre Flammen tanzten leicht im Luftzug, der durch die offene Tür wehte. Ich zündete eine Kerze an, aus keinem anderen Grund als um meiner Eltern zu gedenken. Während ich das tat, durchströmte mich ein Gefühl der Schuld, so überwältigend, dass ich beinahe zu Boden gesunken wäre.

Wie weit hatte ich mich von dem entfernt, was sie mir beigebracht hatten? Ich war nicht mehr der Junge, der sie stolz gemacht hätte. Stattdessen stand ich hier, ein Mann, der in einer Welt aus Lügen und Geheimnissen gefangen war, ein Mann, der Dinge tat, die sie niemals gutgeheißen hätten.

Ich kniete nieder, nicht um zu beten, sondern um zu reflektieren. Die Stille der Kirche stand in krassem Gegensatz zu dem Sturm, der in meinem Inneren tobte. Ich schloss die Augen und versuchte, das Chaos in meinem Kopf zu ordnen, aber es gelang mir nicht. Die Schuldgefühle, die Angst, die Verzweiflung – all das mischte sich zu einem unentwirrbaren Knoten. Die Bilder von früher, von einer glücklicheren Zeit, als meine Eltern noch lebten, fluteten meine Gedanken, aber sie brachten keinen Trost, sondern verstärkten nur das Gefühl des Verlustes.

Vielleicht hatte ich gehofft, in dieser Kirche etwas Frieden zu finden, eine Art Erlösung, aber stattdessen fühlte ich mich nur noch verlorener. Als ich schließlich aufstand und die Kirche verließ, war mir klar, dass es keine einfache Antwort auf meine Fragen geben würde. Der Weg, den ich eingeschlagen hatte, war dunkel, und ich konnte den Ausgang nicht mehr sehen.

Während ich die Straße hinunterging, fort von der Kirche, fort von dem trügerischen Trost, den ich dort gesucht hatte, spürte ich, wie der Knoten in meiner Brust sich nur noch enger zog. Ich bin mir nicht sicher, wie lange ich diesen Weg noch weitergehen kann, ohne endgültig daran zu zerbrechen. Vielleicht ist es die Strafe für all die Fehler, die ich gemacht habe, oder vielleicht ist es einfach der Preis, den ich zahlen muss. In jedem Fall weiß ich, dass es keinen einfachen Ausweg gibt.

Die Kerze, die ich angezündet habe, wird bald erlöschen. So wie die Hoffnung, die ich in dieser Kirche zu finden hoffte.

Eintrag Nr. 21 (Sa 27.02.93)

Es geht mir schon viel besser. Immerhin lebe ich noch. Ich hatte viel Glück – Danke, Gott! Meine Zeit ist noch nicht gekommen. Offensichtlich war ich nur kurz im Stromkreis, gerade lange genug, um einen Schock zu erleben, aber nicht lange genug, um ernsthafte Schäden davon zu tragen. Ich werde ab jetzt besser aufpassen. So etwas darf mir nicht noch einmal passieren.

Dabei war die Nacht ruhig gewesen, und ich war entspannt, als ich nach Hause kam. Alles begann so unscheinbar, ich wollte nur nachsehen, weshalb die Glühbirne flackerte. Ich drehte den Lichtschalter um, das Licht ging aus, ich drehte zurück, doch die Glühbirne leuchtete nicht mehr. Das Licht im Treppenhaus funktionierte, also wusste ich, dass kein Stromausfall die Ursache war. Ich drehte den Schalter zurück, holte mir einen Sessel und stieg darauf, um die Glühbirne an der Decke herauszuschrauben. Doch sie steckte fest, als ob sie seit Ewigkeiten dort verankert wäre. Als ich mehr Kraft aufwandte, zerbrach die Glühbirne in meiner Hand. Zum Glück hatte ich nur ein paar kleine, nicht tiefe Schnittwunden, aber das Problem war damit nicht gelöst. Der Sockel der Birne klemmte weiterhin fest. Mit einer Zange versuchte ich, den Sockel herauszudrehen – und das war der Moment, in dem das Unglück geschah. Nach ein paar Drehversuchen machte es plötzlich einen lauten Knall.

Ein scharfer Schmerz durchzuckte meinen Körper, als der Stromschlag mich traf. Ich taumelte nach hinten und fiel schließlich vom Sessel. Ab diesem Moment war ich völlig aus der Fassung, nervös und ängstlich. Mein Körper stand unter Schock, und meine Gedanken wirbelten durcheinander. Ich konnte nicht mehr still stehen und klar denken. Das Gedankenkarussell begann sich wieder zu drehen, immer schneller. Ich hatte panische Angst, dass der Stromschlag zu Herzrhythmusstörungen führen könnte und ich in den nächsten Minuten sterben würde. Ein langsames, qualvolles Ende schien mir unausweichlich.

Intuitiv ging ich auf den Balkon und versuchte, mich zu erden, indem ich zuerst meine Hände und dann meine Füße in die Blumenerde steckte. Ich dachte, das könnte den Strom aus meinem Körper leiten, aber es half nichts. Zumindest nicht gegen die panische Angst, die mich weiterhin fest im Griff hatte. Kurz dachte ich daran, einen Notruf abzusetzen, aber ich verwarf den Gedanken schnell wieder. Bis jemand hier wäre, dachte ich, wäre es schon zu spät. Außerdem, was hätten sie tun können? Den Strom aus meinem Körper »absaugen«? Das erschien mir selbst in meiner Panik so absurd, dass ich es lieber Gott überließ, ob ich überleben würde.

Es war die richtige Entscheidung. Nach einer Weile entschied ich mich, zur Küste zu gehen, in der Hoffnung, dass die frische Meeresluft und das Rauschen der Wellen meine

Nerven beruhigen würden. Drei Stunden wanderte ich am Strand entlang, bis ich schließlich todmüde zurückkam. Die Meeresluft, das sanfte Rauschen der Wellen und das Eintauchen meiner Füße in das kühle Salzwasser halfen mir tatsächlich, ein wenig herunterzukommen. Zuhause angekommen, fiel ich sofort ins Bett und schlief ein.

Doch selbst im Schlaf fand ich keine Ruhe. Ich hatte wieder einmal einen beunruhigenden Traum, der mir Angst macht. Diesmal befand ich mich in der Sporthalle »Parque Deportivo José Martí« in Havanna. Es war später Abend, und eine Art Sportveranstaltung sollte stattfinden. Die Halle war düster, stark verraucht und nur spärlich besucht. Die wenigen Gäste wurden langsam ungeduldig, denn die Veranstaltung hätte schon längst beginnen sollen. Ich stand in einer Ecke, ganz oben auf den Treppen, und unterhielt mich mit meiner ehemaligen Schulkollegin Vea, die ich dort zufällig getroffen hatte. Plötzlich rannte eine junge Frau die Außentreppen der Halle hinauf, hysterisch schreiend und sichtlich geschockt, während sie um Hilfe rief: »Es gibt Tote. Bitte, schnell ...«

Vea ließ vor Schreck ihr Cocktailglas fallen, und der Klang des zerbrechenden Glases hallte unheilvoll in der Halle wider. Nach einem kurzen Moment, in dem sie den Schock zu verarbeiten schien, bat sie mich, mitzukommen und zu helfen. Ich wollte helfen, wirklich, doch die Vorstellung, Leichen zu sehen, lähmte mich. Es war eine unbeschreibliche

Angst. Meine Beine fühlten sich an wie Blei, unfähig, auch nur einen Schritt zu machen. Vea zog mich an den Händen, wie eine Mutter, die ihr widerspenstiges Kind durch die Straßen schleppt. »Du musst mir jetzt helfen - bitte!«, sagte sie drängend.

Ich folgte ihr, die Außentreppen zur Straße hinunter, doch jeder Schritt war ein Kampf. Als wir die letzte Stufe erreicht hatten, sah ich, was geschehen war. Ein schwerer Autounfall hatte die Straße blockiert. Zwei Taxifahrzeuge waren stark beschädigt, und um die Unfallwagen hatte sich eine Menschenmenge versammelt. Einige versuchten verzweifelt, die Autotüren aufzubrechen, während andere hektisch hin und her liefen. Schließlich gelang es einer Frau, die hintere Tür des zweiten Fahrzeugs zu öffnen. Sie zog ein schwerverletztes Mädchen aus dem Auto, dessen Gesicht völlig blutverschmiert war. Die Frau, die das verletzte Mädchen in den Armen hielt, konnte sie nicht länger tragen und übergab sie mir. Nun hielt ich das schwerverletzte Mädchen in meinen Armen, völlig überwältigt von der Situation. Das Mädchen war stark geschwächt, doch ihre Augen waren noch offen, und sie schien bei Bewusstsein zu sein. Sie versuchte, etwas zu sagen, doch die Worte blieben ihr im Halse stecken. Blut strömte aus den tiefen Schnittwunden an ihrem Oberkörper, und allmählich verlor sie das Bewusstsein. Der starke Regen wusch nach und nach das Blut aus ihrem Gesicht, und dann erkannte ich sie – es war Noelia, das Mädchen aus meiner

Kindheit, das bereits vor einigen Tagen zusammen mit Marco in einem Traum erschienen war. Sie starb in meinen Armen. Erschöpft und voller Trauer fiel ich mit Noelia in den Armen zu Boden. Der Traum endete abrupt, doch die Bilder verfolgen mich noch immer.

Ich habe Noelia fast 20 Jahre nicht gesehen. Ich hoffe, ihr ist nichts passiert. In letzter Zeit träume ich immer wieder von meinen alten Schulkameraden, und es sind meistens wirre, beunruhigende Träume. Wahrscheinlich ist es eine tiefe, innere Sehnsucht nach meinem alten, unbeschwerten Leben. Gerade in diesen Tagen vermisse ich meine Jugend, vermisse den unbeschwerten Orlando, der ich einmal war – doch die grausame Realität lässt keinen Platz für Sehnsüchte oder Romantik.

Jetzt muss ich mich wieder dem Alltag stellen. Die Realität fordert mich, ob ich will oder nicht. In einer Welt, die bereits so dunkel ist, fühlt sich das Fehlen von Licht wie eine zusätzliche Bürde an, die ich kaum noch tragen kann. Aber ich habe keine Wahl, ich muss weitermachen, egal wie schwer es wird.

Die Sache mit der Glühbirne hat mich erschreckt, doch ich habe sie kommen gespürt. Seit einigen Tagen habe ich ein merkwürdiges Gefühl, eine Ahnung, eine schleichende, unsichtbare Bedrohung. Sobald ich die Wohnung betrete, beschleicht mich ein seltsames Gefühl. Es ist, als hätte jemand meine Sachen durchwühlt, ohne dass es sofort sichtbar wäre. Ein Bilderrahmen, den ich immer exakt ausgerichtet auf dem Regal stehen lasse, ist leicht verschoben. Der Aschenbecher, den ich auf dem Tisch stehen ließ, liegt nun daneben. Es wirkt, als hätte jemand in meiner Abwesenheit Spuren hinterlassen, so subtil, dass es wie ein Spiel mit meiner Wahrnehmung ist.

Vieles macht mir Sorgen. Heute, am Vormittag, stand ich an der Straße, unschlüssig, ob ein Spaziergang mir guttäte. Dort begegnete ich meinem Nachbarn, Señor Alvarez. Er grüßte mich beiläufig und sagt dann, fast nebenbei: „Orlando, gestern habe ich Ramon gesehen. Er ist immer so ein freundlicher Mann, ein Mann von echtem Format.«

Ich starrte Señor Alvarez an, unfähig zu antworten, denn die Angst hatte von meinen Gliedern Besitz ergriffen.

Onkel Ramon war hier gewesen, und er hat mir nichts davon erzählt? Ich lächle gequält und bedanke mich bei ihm. Doch in mir wächst eine Unruhe. Warum war Onkel Ramon hier? Habe ich etwas falsch gemacht, ohne es zu merken?

Seit ich wieder in meiner Wohnung bin, kreisen meine Gedanken um diese Begegnung. Ich kann den Gedanken nicht loswerden, dass Ramon mich aufgesucht hat, weil ich versagt habe. Vielleicht hat er etwas herausgefunden, das ich ihm hätte sagen sollen. Der Gedanke frisst sich in meinen Verstand und verstärkt die Zweifel und Ängste, die mich ohnehin schon plagen.

Eintrag Ende.

Eintrag Nr. 22 (So 28.02.93)

Heute war ich bei Onkel Ramon und Tante Maria. Onkel Ramon hatte mich gegen Mittag angerufen und gesagt, dass wir uns sehen müssten. Schon nach dem Anruf war ich sehr angespannt, und mein Gedankenkarussell begann sich erneut zu drehen. Was war diesmal geschehen? Was wollte er von mir? Hatte ich etwas falsch gemacht? Würden neue Aufträge auf mich warten? Fragen über Fragen schossen mir durch den Kopf. Am frühen Abend stellte sich jedoch heraus, dass all meine Sorgen unbegründet waren. Im Nachhinein betrachtet, war es ein wunderschöner Abend, einer, der mir für immer viel bedeuten wird. Deshalb halte ich ihn mit diesem Eintrag fest!

Gleich nachdem ich die Wohnung betreten hatte, spürte ich, dass etwas Besonderes in der Luft lag. Aber bevor es dazu kam, hieß es, wir müssten zuerst essen und plaudern. Sofort fiel mir ein Stein vom Herzen. Ich ging direkt ins Wohnzimmer und setzte mich auf die Couch. Tante Maria setzte sich gleich zu mir, während Onkel Ramon sich kurz umziehen ging. Sie drehte den Fernseher ab und sah mich besorgt an. »Du siehst erschöpft aus«, meinte sie. »Furchtbare Augenringe und du hast abgenommen. Bist du krank?«

Ich wollte nicht wirklich darüber reden, aus Angst, erneut starke Unruhe und seelischen Schmerz in mir auszulösen.

Also schob ich es auf die Nachtschichten und das unregelmäßige Essen, und versuchte, das Thema zu wechseln. Zum Glück gelang mir das, als ich einfach nachfragte, wie es ihrer Tochter ginge. Sofort entspannte sich die Situation, und wir sprachen eine Weile über Familie und alte Zeiten. Ein paar Minuten später setzte sich auch Onkel Ramon zu uns, und wir redeten weiter über Bekannte, Nachbarn und die Vergangenheit. Politik und Arbeit kamen kaum zur Sprache, was mich sehr erleichterte.

Das Abendessen war eine traditionelle Geflügelpfanne, übergossen mit Kokossaft und gespickt mit Bananenscheiben – ein sehr süßer Teller, bei dem es gefühlt zehnmal mehr Bananen als Hühnerfleisch gab. Trotzdem war ich dankbar, wieder einmal ein gutes, warmes Essen vor mir zu haben. Vor allem die fetten Bananenscheiben sättigten mich ordentlich.

Nach dem Essen ging es dann endlich weiter mit dem, was Onkel Ramon vorhatte. Wir gingen ins Schlafzimmer, das ich bisher nur aus kurzen Blicken kannte, aber nie betreten hatte. Ein kleines Zimmer, voll mit dunklen Möbeln und einem großen Fenster, das den Raum noch kleiner wirken ließ. Onkel Ramon ging direkt zum großen Kleiderschrank hinter der Tür, während Tante Maria und ich bei der Zimmertür stehen blieben und zusahen. Er öffnete eine der Schranktüren, bückte sich nieder und holte nach und nach Wäsche und Handtücher heraus, bis er schließlich fand, wonach er gesucht hatte. Es war ein dickes, zusammengefaltetes Leintuch, das schwer aussah. Mit einem gewissen Stolz in der Stimme sagte er, dass er etwas sehr Kostbares für mich hätte.

Mit einer feierlichen Ruhe legte er das gefaltete Leintuch vorsichtig auf das Bett und setzte sich auf die Bettkante. Danach schaltete er die kleine Nachtlampe ein, während Tante Maria die Deckenlampe ausschaltete. Dann begann er das Leintuch langsam und behutsam aufzufalten. Zum Vorschein kam eine antike, goldene Uhr – sie wirkte sehr alt und wertvoll. Onkel Ramon hielt sie in der Hand, als wäre sie das kostbarste Gut, das er besaß. Er erzählte mir mit leiser Stimme, dass diese Uhr ihm vor über 10 Jahren von seinem Vater, kurz vor dessen Tod, übergeben worden war. Nun sei es an der Zeit, diese Tradition weiterzuführen.

Es handelte sich um eine französische Pendule, eine uralte, mechanische Standuhr, die laut seinem Freund, dem Kunsthistoriker Fernandes, etwa 180 Jahre alt sei. Diese Uhren hätten damals in Europa nur in den Häusern der herrschenden Klasse gestanden. Ursprünglich habe Onkel Ramon sie seiner Tochter vermachen wollen, doch Tante Maria und er hätten beschlossen, dass ich sie bekommen sollte. Der Junge auf der Uhr, erklärte er mir, sei ein Schutzengel, der Seeleute beschütze – egal ob Fischer, Matrosen oder Kapitäne. Von nun an solle dieser Engel über mich wachen und mich vor den Gefahren des Meeres beschützen.

Ich war überwältigt von diesem Geschenk und fragte vorsichtig, ob sie wirklich sicher seien, dass ich diese wertvolle Uhr haben solle. Onkel Ramon lächelte und versicherte mir, dass die Entscheidung gefallen sei. Die Uhr gehöre jetzt mir. Es war ein Moment, den ich so schnell nicht vergessen werde – ein Moment, der sich in mein Gedächtnis einbrannte. Er erzählte mir auch die Geschichte, wie sein Vater diese Uhr nach der Revolution aus dem Hotel Nacional de Cuba mitgebracht hatte. Es sei seine einzige Sünde im Leben gewesen, scherzte Onkel Ramon, und von nun an sei es meine Aufgabe, die Uhr in Ehren zu halten.

Nach diesem rührenden Moment ging es zurück ins Wohnzimmer, wo wir eine besonders alte Zigarre rauchten – eine lange Partagas aus dem Jahr 1959. Tante Maria, die weder Zigarren noch Zigaretten raucht, ging zu einer Nachbarin, damit Onkel Ramon und ich ungestört rauchen und reden konnten. Dank dieser außergewöhnlichen Zigarre und des milden Rums, den Onkel Ramon aus seinem Tresor geholt hatte, entwickelte sich der Abend zu einem echten Männerabend. Es war selten, dass ich etwas so Gutes wie diese Zigarre rauchte. Die Kombination aus Walnuss, Honig, Erde, Kaffee, Blume, Frucht, Schokolade und Limette im weichen, cremigen Rauch war schlichtweg perfekt.

Selbst ich, als erfahrener Zigarrenroller, hätte dieses Format

nicht so perfekt rollen können. Wie auch immer, nach ein-
einhalb Stunden war das Rauchen zu Ende, und damit auch
der Abend. Wir sprachen über alles Mögliche, aber nicht
über die Arbeit, und das war genau das, was ich gebraucht
hatte. Die unerträgliche Schwere, die seit einiger Zeit auf mir
lastet, fiel von mir ab und ich spüre seither eine süße Müdigkeit, wie eine Ahnung des Paradieses.

Doch etwas hält mich vom Schlafen ab. Ich bin zu müde, um
darüber nachzudenken und will mir die seltene Hoffnung auf
kostbaren Schlaf nicht durch zu langes Schreiben nehmen,
deshalb halte ich es hier fest, um mich später noch einmal
damit zu beschäftigen: Als ich bei Onkel Ramon und Tante
Maria zu Besuch war, konnte ich nicht widerstehen, ihm von
dem merkwürdigen Gefühl zu erzählen, das mich in den letzten Tagen verfolgt hatte – das Gefühl, beobachtet zu werden.
Ich erwartete ein Schulterzucken oder zumindest ein paar
aufmunternde Worte, aber stattdessen runzelte Ramon die
Stirn und zündete sich eine seiner Zigaretten an. Der süßlich-
stechende Geruch erfüllte sofort den Raum. „Orlando", begann er nachdenklich, „hast du jemals darüber nachgedacht,
dass einer, den du für einen Freund hältst, vielleicht nicht
ganz so loyal ist, wie du denkst?"

Ich starrte ihn verwirrt an. „Wie meinst du das, Onkel?"

Er nahm einen tiefen Zug von seiner Zigarette und blies den

Rauch langsam aus. „Da wäre Gabriel", fuhr er fort, als ob er einen beiläufigen Gedanken äußerte. „Er hat eine schwierige Vergangenheit, du weißt das. In Chile hat er viele Freunde und Feinde gehabt. Es wäre nicht überraschend, wenn er immer noch alte Rechnungen offen hätte."

Diese Worte schürten eine Unruhe in mir, die ich kaum unterdrücken konnte. Gabriel? Er war immer wie ein großer Bruder für mich gewesen, aber was, wenn Ramon recht hatte? Was, wenn Gabriel eine Seite hatte, die ich nicht kannte?

Als wir wenig später ins Schlafzimmer gingen, um mir das Geschenk – die goldene Uhr – zu zeigen, versuchte ich die Zweifel beiseitezuschieben. Doch sie nagten weiter an mir. Warum schenkte mir Ramon ausgerechnet jetzt die Uhr? War es ein Zeichen des Vertrauens, oder ein stiller Abschied? Warum nur fühlt sich dieser Tage alles wie ein Abschied an, als täte ich viele Dinge zum letzten Mal. Begegnete ich Menschen, die immer schon in meinem Leben waren, nur noch, um Lebwohl zu sagen?

Jetzt bin ich zu müde, um weiterzuschreiben. Ich werde das Licht abdrehen und versuchen zu schlafen. Dieser Abend leuchtet wie ein kleines Feuer in einer dunklen Nacht. Eine kleine Hoffnung.

Eintrag Nr. 23 (Mo 01.03.93)

Ich dachte, nach so einem Abend bei Onkel Ramon und Tante Maria könnte ich tief schlafen und würde erfrischt aufwachen, doch ich habe mich geirrt. Der Wecker auf dem Nachtkästchen zeigt 4:11 Uhr an. Es ist stockfinster.

Es ist seltsam, wie die Vergangenheit einen immer wieder einholt, besonders in diesen stillen Momenten, in denen die Gedanken beginnen, sich in die tiefsten Winkel der Erinnerung zu schleichen. Heute hat mich die Erinnerung an Keila wieder einmal eingeholt – meine erste große Liebe, die mich so vollkommen gemacht hat und doch am Ende alles zerstörte.

Ich erinnere mich noch genau an den Tag, als ich sie das erste Mal sah. Wir waren beide noch jung, voller Hoffnung und Träume, die Welt lag uns zu Füßen. Sie war das schönste Mädchen, das ich je gesehen hatte – ihre Haut dunkel wie die Nacht, ihre Augen funkelten wie Sterne. Wir trafen uns oft heimlich am Fluss, weit weg von den neugierigen Augen der Stadt. In diesen Momenten gehörte die Welt nur uns beiden. Wir lachten, träumten und planten eine Zukunft, die für uns damals so greifbar schien.

Ich erinnere mich an einen dieser Nachmittage, als die Sonne langsam hinter den Hügeln verschwand und das Licht sanft durch die Blätter der Bäume fiel. Wir saßen am Ufer, unsere Hände ineinander verschlungen, und ich fühlte mich so sicher, so geborgen. Ihre Stimme, ein Flüstern im Wind, erzählte von einer Zukunft, in der wir gemeinsam alt werden würden, weit weg von den Problemen, die uns jetzt bedrängten. Ich weiß noch, wie ich ihr schwor, sie niemals zu verlassen, sie für immer zu lieben. Es war ein Moment reiner Glückseligkeit, einer, der so tief in mein Herz eingebrannt ist, dass ich ihn niemals vergessen werde.

Doch die Welt hatte andere Pläne für uns. Ihre Eltern, konservativ und voller Vorurteile, konnten unsere Liebe nicht akzeptieren. Sie hassten mich, nicht weil ich ein schlechter Mensch war, sondern einfach, weil meine Haut heller war als die ihrer Tochter. Es war ein Hass, den ich nie verstand, der aber mächtig genug war, unsere Welt zu zerstören. Sie stellten sie vor die Wahl: Entweder sie verlässt mich, oder sie verliert ihre Familie. Ich kann noch immer die Tränen in ihren Augen sehen, als sie mir das Ultimatum stellte. Sie weinte, und ich weinte mit ihr, denn wir wussten beide, dass es keinen Ausweg gab. Am Ende war ihre Liebe zu ihrer Familie stärker als die Liebe zu mir, und sie ging.

Sie haben sie mir gestohlen, diese rückständigen, verblendeten Menschen. Es war nicht nur Keila, die ich verlor, es war auch ein Teil von mir, der mit ihr verschwand. Der Schmerz war unerträglich, die Wunden tief. Ich trank, trank um den

Schmerz zu ertränken, doch nichts half. Die Narben sind geblieben, und obwohl ich versucht habe, sie zu vergessen, taucht sie immer wieder in meinen Träumen auf, als ob sie ein Teil meiner Seele geworden wäre, den ich nie wieder loswerde.

Vielleicht ist es diese Erfahrung, die mich jetzt so zögerlich macht, mich erneut auf jemanden einzulassen. Die Angst, wieder verletzt zu werden, ist zu groß. Ich habe mich immer wieder gefragt, ob ich jemals wieder so lieben kann, wie ich Keila geliebt habe. Aber die Antwort ist klar: Ich habe diese Fähigkeit verloren. Das Feuer, das einst in mir brannte, ist nur noch eine Glut, die langsam, aber sicher, erlischt.

Manchmal frage ich mich, ob es wirklich Liebe war, die uns verband, oder ob es die jugendliche Naivität war, die uns glauben ließ, dass wir die Welt verändern könnten. Aber was auch immer es war, es hat mich geformt, mich zu dem gemacht, was ich heute bin – ein Mann, der zu viel verloren hat, um noch wirklich zu leben.

Vielleicht ist das der Grund, warum ich heute so ruhelos bin, warum ich keine feste Beziehung mehr eingehen kann. Ich habe zu viel Angst davor, wieder jemanden zu verlieren, und deshalb bleibe ich lieber allein, mit meinen Gedanken und meinen Erinnerungen. Denn sie sind alles, was mir geblieben ist.

Während ich diese Zeilen schreibe, spüre ich, wie die Erinnerung an Keila wieder schmerzt, wie die alte Wunde erneut aufbricht. Vielleicht ist es besser, nicht weiter darüber nachzudenken. Vielleicht sollte ich einfach akzeptieren, dass sie ein Teil meiner Vergangenheit ist, ein Teil, den ich nie wieder zurückbekomme. Doch das ist leichter gesagt als getan. Ich werde jetzt einen Spaziergang machen, und versuchen, meine Gedanken zu klären, bevor ich endgültig in die Dunkelheit abdrifte...

Zum Spaziergang konnte ich mich nicht aufraffen. Ich habe weniger als zwei Stunden geschlafen, und nun liege ich hellwach, unfähig, zurück in den Schlaf zu finden. Ein kurzer Blick vom Balkon verrät mir, dass die Straße und die umliegenden Häuser in völliger Dunkelheit versunken sind. Keine Menschenseele ist zu sehen, kein Licht brennt, doch es ist ungewöhnlich laut. Ein ohrenbetäubendes Zirpen der Grillen erfüllt die Nacht, obwohl die Grünflächen mindestens 150 Meter entfernt liegen. Selbst als ich die Balkontür schließe, bleibt dieses Geräusch unerträglich. An Schlaf ist nicht mehr zu denken – also werde ich die Zeit nutzen, um die fehlenden Einzelheiten des Abends nachzutragen.

Nachdem Tante Maria das Haus verlassen hatte und unsere Zigarren ruhig vor sich hin glimmten, wollte Onkel Ramon wissen, ob zwischen mir und der hübschen Tochter meines

Nachbarn etwas liefe. Seine Frage überraschte mich, weniger wegen des Inhaltes, sondern vielmehr, weil er überhaupt davon wusste. Woher kannte er meine Nachbarn? Die Antwort ließ nicht lange auf sich warten: Der Nachbar ist ein ziviler Angestellter bei der Polizei und somit ein Arbeitskollege von Onkel Ramon. Offenbar hatte Helen, so heißt die Tochter, ihrem Vater von mir erzählt. Als Onkel Ramon hörte, was sie berichtet hatte, war ihm sicher sofort klar, dass ich gemeint war. Wie viele Orlandos könnte es an dieser Adresse geben, zumal mit einer genauen Personenbeschreibung?

Was genau erzählt wurde, konnte ich nicht erfahren, doch das Ganze hat mich beunruhigt. Den Nachbarn habe ich in letzter Zeit kaum gesehen, und auch davor nur selten. Wenn wir uns begegneten, blieb es meist bei einem kurzen Gruß. Helen, die 24-jährige Tochter, ist eine junge Frau, die mir immer wieder im Treppenhaus begegnete. Sie ist mollig und zuckersüß, eher klein, mit langen, dunkelbraunen, lockigen Haaren, einem schmalen Gesicht, großen braunen Augen und einer süßen, zarten Nase. Wir hatten schon einige Male längere Gespräche geführt, und es gab Momente, in denen ich das Gefühl hatte, dass sich zwischen uns etwas entwickeln könnte – mehr als nur eine gute Nachbarschaft. Doch dann tauchte ich in eine andere Welt ab und wurde unsichtbar, nicht nur für Helen, sondern für viele andere Menschen in meinem Leben.

Selbst wenn ich es wollte, könnte ich mir zurzeit keine Liebesgeschichte leisten, schon gar nicht unter den gegebenen Umständen. In den letzten zwei bis drei Wochen wurde mir zudem schmerzlich bewusst, dass ich den Schmerz und die Trauer über die Trennung von meiner ersten großen Liebe, Keila, noch lange nicht überwunden habe. Sie fiel mir in letzter Zeit oft ein, obwohl ich mit aller Macht versuchte, sie aus meinen Gedanken zu verbannen und dieses Kapitel meines Lebens endgültig abzuschließen. Doch all meine Versuche scheiterten kläglich.

Besonders die Art und Weise, wie unsere Beziehung endete, lässt mich bis heute nicht los. Sie haben sie mir einfach weggenommen, nein, sie haben sie mir gestohlen – Keila, meine schwarze Maus. Ihre rückständigen, engstirnigen Eltern und ihr kranker Onkel haben alles zerstört, nur weil sie mich hassten. Sie hassten mich allein wegen meiner Hautfarbe. Ich hätte niemals gedacht, dass so etwas in Kuba, dreißig Jahre nach der Revolution, noch existiert; dass Menschen, zumindest in ihren Gedanken und ihrem Bewusstsein, immer noch in der Steinzeit leben würden. Möglicherweise war Keilas Familie die einzige schwarze Familie auf Kuba, die so dachte, doch ausgerechnet ich musste an sie geraten.

Es ist sehr traurig. Wir hatten uns so sehr geliebt, wir waren füreinander bestimmt, davon bin ich noch immer überzeugt. Doch schlussendlich beugte sie sich dem Druck ihrer Familie und beendete die Beziehung gegen ihren Willen. Danach flossen viele Tränen – auf beiden Seiten. Die Wunden, die dabei entstanden, sind tief und vernarbt. Viele schlaflose Nächte und viel zu viel Alkohol begleiteten diese Zeit. Ich werde das Gefühl nicht los, dass ich in einem endlosen Kreislauf von Dramen feststecke. Ein Drama folgt dem anderen, ohne Pause, ohne Unterbrechung.

Die Gedanken an Keila und die unerträglichen Geräusche draußen treiben mich noch in den Wahnsinn. Ich muss unbedingt an die frische Luft, sonst ersticke ich hier noch. Vielleicht kann ein Spaziergang in der stillen Morgendämmerung mir etwas Erleichterung bringen, bevor der Tag beginnt und ich mich wieder in den Alltag stürzen muss.

Eintrag Ende.

Eintrag Nr. 24 (Mo 01.03.93)

Nachdem ich die frische Luft eingeatmet hatte und die erste Aufregung des Morgens etwas abgeklungen war, beschloss ich, einen Spaziergang durch die alten Teile Havannas in Richtung Küste zu machen. Es war noch früh, die Straßen waren weitgehend leer, und die Stadt lag in einem dämmrigen Zwielicht, das ihre einstige Pracht nur noch schemenhaft erahnen ließ.

Ich ging durch die engen Gassen, vorbei an den alten Gebäuden, die einst stolz und erhaben waren, Zeugnisse einer glorreichen Vergangenheit. Heute sind sie nur noch Schatten ihrer selbst – bröckelnde Fassaden, gezeichnet von der tropischen Feuchtigkeit, Risse, die sich wie Narben durch das Mauerwerk ziehen, Balkone, die jeden Moment unter ihrem eigenen Gewicht zusammenzubrechen drohen. Es war, als ob die Stadt selbst unter der Last der Geschichte zusammenbrechen würde, genauso wie ich unter der Last meiner eigenen Entscheidungen zusammenzubrechen drohte.

Während ich durch diese verlassenen Straßen wanderte, sah ich alte Bekannte, Menschen, die einst stark und hoffnungsvoll waren, jetzt aber nur noch müde Gestalten in einer Stadt, die sie vergessen hatte. Ihre Gesichter waren eingefallen, ihre Augen leer, als hätten sie längst aufgegeben. Wir nickten uns zu, ein stilles Einverständnis, ein Zeichen, dass wir uns ge-

genseitig erkannten, aber mehr war nicht nötig, denn wir alle wussten, was aus uns geworden war, und das Schweigen sprach mehr als Worte es jemals könnten.

Die Gebäude um mich herum erzählten ihre eigene Geschichte – eine Geschichte von Verfall und Verzweiflung, aber auch von einem unerschütterlichen Überlebenswillen. In jedem zerbrochenen Fenster, in jedem abblätternden Putz spiegelte sich mein eigenes Leben wider, das einst so stark und stolz war, jetzt aber unter dem Druck zusammenzubrechen drohte. Es war, als ob die Stadt und ich eins wären, beide Opfer eines Systems, das uns langsam, aber sicher zerstörte.

Während ich weiterging, konnte ich nicht anders, als über die aktuelle Situation in Kuba nachzudenken. Die wirtschaftlichen Schwierigkeiten der letzten Jahre hatten das Land in die Knie gezwungen, die vielen Versprechen der Revolution waren längst zu leeren Phrasen verkommen. Wo ist die Brüderlichkeit, die Gleichheit, der Wohlstand, der uns einst versprochen wurde? Stattdessen leben wir in Armut, die Regale in den Geschäften sind leer, und das Leben ist ein ständiger Kampf ums Überleben.

Ich dachte an die endlosen Reden über den Sozialismus, und über die glänzende Zukunft, die uns erwarten würde, wenn wir nur hart genug arbeiten und Opfer bringen würden. Aber wo ist diese Zukunft? Stattdessen sehe ich um mich herum nur Verfall und Verzweiflung. Die vollen Straßen Havannas, die einst von Leben und Hoffnung erfüllt waren, sind jetzt still und verlassen, die Bewohner müde und gebrochen. Wie konnte es nur so weit kommen? Wie konnte die große Revolution, die einst so viel Hoffnung brachte, in so viel Elend enden?

Diese Gedanken ließen mich nicht los, während ich weiter durch die Stadt ging. Jeder Schritt fühlte sich schwerer an, als ob die Last der Geschichte auf meinen Schultern lag. Ich fragte mich, ob all die Opfer, die ich gebracht hatte, wirklich etwas wert waren. Was hatte das Land erreicht? Was hatte ich erreicht? Ich war ein Teil dieses Systems, hatte mein Leben für den Erhalt dieser Illusion geopfert, aber jetzt fragte ich mich, ob es das wirklich wert gewesen war. War es wirklich mein Schicksal, in dieser bröckelnden Stadt, in diesem verfallenden System, unterzugehen?

Es dauerte eine dreiviertel Stunde, bis ich den Malecon, Kubas berühmteste Uferpromenade, erreichte. Ein fast schon innerlicher Zwang trieb mich dorthin – das Meer, die Meeresluft, die Wellen – sie alle boten mir eine Zuflucht, einen Ort, an dem ich meine Sorgen zumindest für eine kurze Zeit vergessen konnte.

Als ich schließlich zum Malecon gelangte, setzte ich mich auf einen der Felsen, die ich so oft aufgesucht hatte. Der Wind war stark und brachte die salzige Gischt des Meeres mit sich, die meine Gedanken etwas klärte. Während ich aufs Meer hinausblickte, spürte ich, wie die Zweifel in mir wuchsen. Vielleicht war es an der Zeit, einen anderen Weg zu suchen, bevor ich selbst in den Ruinen dieser Stadt unterging. Die Stadt um mich herum war ein Spiegelbild meiner Seele, und beide drohten zu zerbrechen, wenn ich nicht bald eine Entscheidung traf.

Die Sonne begann langsam aufzugehen, und ich wusste, dass es Zeit war, nach Hause zu gehen. Aber die Fragen, die dieser Spaziergang aufgeworfen hatte, würden mich noch lange begleiten. Was war der Wert von all dem, was ich getan hatte, wenn es am Ende nur zu diesem Zustand des Verfalls führte? War es Zeit, einen neuen Weg einzuschlagen? Und wenn ja, wohin würde dieser Weg mich führen?

Es ist ein seltsames Gefühl, das ich mittlerweile zum Meer habe. Einerseits zieht es mich magisch an, besonders in Momenten wie heute, andererseits ist da auch diese Angst, diese Anspannung, wenn ich nachts irgendwo auf dem Ozean stehe, die dunklen Weiten um mich herum. Das Meer und ich, wir sind unzertrennlich – es ein Teil von mir, so wie meine Eltern und meine Keila es einst waren. Doch das Leben hat mir gezeigt, dass nichts für immer bleibt.

Auf dem Rückweg nach Hause betrat ich den Maceo Park, der direkt am Malecon liegt. Ich wollte mich kurz ausruhen und suchte eine freie Bank in der Nähe des riesigen und imposanten Denkmals von Antonio Maceo, dem kubanischen Unabhängigkeitskämpfer. Die Bänke waren alle besetzt, nur auf einer Bank war noch Platz. Ein älterer Mann, etwa 75 Jahre alt, mit beiger Hose, weißem Hemd und einem großen Strohhut, saß alleine am rechten Rand. Ich fragte höflich, ob der Platz frei sei, und nachdem er genickt und leise »Ja« gesagt hatte, setzte ich mich neben ihn.

Wir kamen schnell ins Gespräch, redeten über das Wetter, die Wirtschaftskrise und alles, was uns sonst in den Sinn kam. Nachdem wir eine Weile gesprochen hatten, fragte er mich, ob ich Schach spielen könne und ob ich Lust hätte, gegen einen alten Mann anzutreten. Noch bevor ich antworten konnte, hatte er ein zusammengeklapptes Schachbrett hervorgeholt, das offenbar neben der Bank auf dem Boden gelegen hatte. »Warum nicht?«, dachte ich und stimmte zu. Nachdem wir die Figuren aufgestellt hatten, stellte er sich als Mendoza vor und wünschte mir viel Glück. Wir schüttelten uns die Hände, und ich stellte mich ebenfalls vor.

Schon nach den ersten Zügen merkte ich, dass Mendoza ein erfahrener Spieler war. Er spielte konzentriert und überlegt, während ich mich schwer tat, seine Angriffe abzuwehren. Spätestens nach den ersten Zügen musste ich das Spiel ernst nehmen, um nicht komplett unterzugehen. Doch je länger das Spiel dauerte, desto angespannter wurde ich. Es war, als ob die Geduld, die ich zu Beginn hatte, mit jedem Zug mehr schwand. Schließlich begann ich, hohe Risiken einzugehen, die ich besser vermieden hätte. Erst verlor ich beide Pferde, dann einen Turm. Mein Versuch, ihn mit ungewöhnlichen Zügen zu überraschen, endete damit, dass ich meine Dame verlor.

Nach etwa einer halben Stunde war das Spiel vorbei. Sein Turm und seine Dame setzten meinen König schachmatt. Obwohl ich froh war, dass das Spiel zu Ende war, wusste ich, dass Mendoza verdient gewonnen hatte. Er fragte mich, ob ich eine Revanche wolle, doch ich lehnte höflich ab. Dann verabschiedeten wir uns, und anstatt nach Hause zu gehen, ging ich zurück zur Uferpromenade, um noch einmal die Aussicht auf das Meer zu genießen und eine Zigarre zu rauchen.

Ich blieb kurz bei einem Verkaufsstand stehen und kaufte mir einen Frucht-Rum-Cocktail in einer Kokosnussschale. Anschließend suchte ich mir eine abgelegene Stelle am Ende der Promenade. Ich zog meine Sandalen aus und setzte mich auf einen Felsen, tauchte meine Füße ins Wasser und holte die Zigarre aus meiner Brusttasche. Nachdem ich die Kappe am Zigarrenkopf vorsichtig abgeschnitten hatte, zündete ich sie mit einem Zündholz an. Es dauerte drei Versuche, bis die

Zigarre endlich glimmte, da der starke Wind das Anzünden erschwerte. Doch es störte mich nicht. Ich genoss jeden Zug, den kräftigen, aber sehr cremigen Rauch, die türkisfarbenen Wellen, und selbst den starken Wind, der salzig nach Meer schmeckte. Zwischendurch nahm ich einen Schluck von meinem Cocktail in der Kokosnussschale, doch leider waren nicht alle Früchte enthalten, die ich wollte. Das Land steckt in einer tiefen wirtschaftlichen und sozialen Krise, und viele Dinge sind knapp oder gar nicht verfügbar. Da hilft auch keine Essensmarke oder Geld.

Eigentlich darf ich mich nicht beschweren. Ich hatte bisher wahrscheinlich mehr Glück als andere und habe deshalb nicht so viel gelitten. Aber es macht mich traurig, das Land und die Menschen so zu sehen. So viele Probleme, als ob meine eigenen nicht schon genug wären. Ja, ich liebe mein Land, deshalb tue ich Dinge, die ich nicht tun möchte. Doch jemand muss es tun, und deshalb mache ich es, auch wenn mich die falsche Politik und die kubanische Führung oft ärgern. Die Abhängigkeit von Russland rächt sich jetzt. Man hätte viel früher in eigene Technik, Forschung und Wirtschaft investieren müssen. Dieses US-Embargo würde uns nicht so hart treffen, wenn wir eine wirklich eigenständige Landwirtschaft und Industrie hätten. Aber zum Glück habe ich nicht die Zeit, mich darüber zu ärgern zu – dafür habe ich schon genug andere Sorgen.

Auf dem Rückweg nach Hause kam mir der Gedanke, gegen mich selbst Schach zu spielen. Ich habe ein altes Schachbrett mit großen Figuren aus Holz im Kleiderschrank, das ich seit über zwei Jahren nicht mehr benutzt habe. Vielleicht wäre es eine gute Übung, um den Kopf frei zu bekommen. Doch jetzt bin ich schon ziemlich müde. Ich überlege, ob ich mir noch einen Kaffee koche und eine kleine Zigarre auf dem Balkon rauche. Aber ich möchte nicht in ein langes Gespräch mit meiner Nachbarin verwickelt werden, die oft abends auf ihrem Balkon sitzt, direkt neben meinem. Je nach Verfassung redet sie viel oder ignoriert mich völlig. Eigentlich ist sie eine nette alte Dame, doch sie kann wirklich viel reden, und ich kenne ihre Geschichten schon in- und auswendig. Ihr Mann war Soldat und wurde 1958 von Guerilleros ermordet, zumindest erzählt sie das oft. Seitdem lebt sie alleine, nur ab und zu besucht sie ihr Sohn.

Als ich jetzt einen Blick auf den Balkon werfe, sehe ich, dass sie dort sitzt. Ich werde wohl weiterschreiben müssen und mein Glück später noch einmal versuchen, aus der Zigarre wird erst einmal nichts. Es war ein toller Tag, und ich fühle mich gut. Etwas Musik aus dem Radio würde jetzt der Stimmung guttun, auch wenn es immer die gleichen Lieder sind. Zumindest sind sie fröhlich und helfen, die Sorgen zu vergessen. Bleibt nur zu hoffen, dass der Strom nicht wieder ausfällt. Bis dahin werde ich die Gelegenheit nutzen und einige Gedanken nachtragen.

Es war ein unglaublicher Abend bei Onkel Ramon und Tante Maria. Am Ende des Tages war eine ganze Flasche Rum leer, doch so richtig betrunken war keiner von uns. Im Gegenteil, ich fühlte mich sehr klar im Kopf, klarer als schon lange nicht mehr. Für einen kurzen Moment spielte ich mit dem Gedanken, Onkel Ramon von meinen inneren Kämpfen und dem Tagebuch zu erzählen. Ich hoffte, dadurch eine Last loszuwerden. Doch ich erkannte schnell, dass das keine gute Idee war und meine Situation nur noch komplizierter machen könnte.

Zum Ende des Besuchs umarmten wir uns herzlich. Als ich meine Schuhe anzog und gehen wollte, fragte Onkel Ramon mich, wie ich gedenke, nach Hause zu kommen. Ich wollte tatsächlich die dreiviertel Stunde zu Fuß gehen, doch Onkel Ramon erlaubte es mir nicht – nicht mit der Uhr. Er rief die Polizeidienststelle an, und zehn Minuten später holte mich ein Polizist mit einem Streifenwagen ab und fuhr mich nach Hause. Die in das Leintuch eingewickelte Uhr lag in einem geflochtenen Korb unter gelben Mangos, die Tante Maria liebevoll hineingelegt hatte. Es war ein seltsames Gefühl, mit dieser sehr wertvollen Uhr in einem Streifenwagen durch die Stadt zu fahren.

Zu Hause angekommen, verspürte ich Hunger. Die Mangos sahen verlockend aus, aber ich esse diese lieber als Teil des

Frühstücks. Viel zur Auswahl gab es nicht, also aß ich Fisch aus der Konservendose mit einem Stück Brot. Nach dem Essen holte ich die Uhr aus dem Korb. Seitdem steht sie auf meinem Nachtkästchen – direkt vor meinen Augen. Eine wunderschöne, vollständig vergoldete, wertvoll aussehende Uhr. Der Sockel ist horizontal, rechteckig und mit schlichtem Blumendekor verziert. Rechts auf dem Sockel steht eine Art Turm, in dem sich die Uhr mit weißem Zifferblatt aus Porzellan befindet. Darunter ein Kranz in Form eines Halbkreises mit zwei nach unten hängenden Enden. Links auf dem Sockel, neben dem Uhrturm, steht ein Knabe im Nachthemd in Form eines Engels, angelehnt mit beiden Armen an einen großen Anker. Laut Onkel Ramons Freund symbolisiert die Figur Schutz und Hoffnung – genau das, was ich im Moment brauche.

Ich werde die Uhr gut verstecken und nur ab und zu herausholen, um ihre Schönheit zu bewundern und Hoffnung zu tanken. Ich werde diesen Abend niemals vergessen.

Eintrag Ende.

Eintrag Nr. 25 (Mi 03.03.93)

Seit gestern bin ich zu Hause, eingesperrt von einem Sturm, der mit ungebremster Wut über die Insel fegt. Die Winde heulen durch die Straßen, reißen Äste von den Bäumen und schleudern sie wie Speere durch die Luft. Die Fenster klappern unaufhörlich, als wollten sie dem Sturm Einlass gewähren, während das Wasser in dichten Schleiern gegen die Wände peitscht. Es ist, als ob die Natur selbst beschlossen hätte, alles zu zerschmettern, was ihr in den Weg kommt.

Der Sturm tobt draußen, als wolle er die Insel in Stücke reißen, und während ich hier sitze, kann ich nicht anders, als das Unwetter als Spiegel meiner eigenen Seele zu sehen. Die Winde heulen durch die Straßen, zerren an den Palmen, als wollten sie sie mit aller Macht entwurzeln. Es fühlt sich an, als ob der Sturm genau wüsste, was in mir vorgeht, als ob er mein innerstes Chaos, meine Verzweiflung und meine Angst in die Welt hinausträgt.

Seit Tagen fühle ich mich, als stünde ich am Rande eines Abgrunds, unfähig, einen klaren Gedanken zu fassen. Es ist, als ob meine eigene innere Unruhe diesen Sturm heraufbeschworen hat, als ob das Wetter ein Ausdruck meiner zerrütteten Seele ist. Vielleicht sind es meine Gedanken, die den Wind antreiben, und meine Ängste, die die Wellen gegen die Küsten schlagen lassen. Ich weiß, es klingt wahnsinnig, aber in solchen Momenten glaube ich wirklich, dass meine Gedanken die Welt um mich herum beeinflussen.

Dieser Sturm… er will mich von hier forttragen, hinaus in die Welt, weg von diesem Ort, der mir zugleich Heimat und Gefängnis ist. Er ist nicht nur ein Wetterphänomen, er ist ein Zeichen, eine klare Botschaft des Schicksals, die mir sagt, dass meine Zeit hier zu Ende geht. Der Wind, der an den Fensterläden rüttelt, will mich aufwecken, mir klarmachen, dass ich gehen muss, bevor es zu spät ist. Doch wohin? Und zu welchem Zweck? Was geschieht, wenn ich diesem Drängen nachgebe?

Der Gedanke, meine Heimat zu verlassen, schmerzt mich mehr, als ich zugeben möchte. Kuba ist ein Teil von mir – genau wie der Schmerz, der sich tief in mein Herz eingebrannt hat. Der Gedanke, diese Straßen, diese Menschen, hinter mir zu lassen, ist wie ein Messerstich in meinem Herzen. Doch der Sturm draußen tobt weiter, unaufhaltsam, unerbittlich, und ich kann nicht anders, als das als ein Zeichen zu sehen, dass auch ich unaufhaltsam fortgetragen werde.

Vielleicht ist es der Sturm, der den letzten Widerstand in mir brechen wird. Vielleicht sind es seine Winde, die mich endgültig entwurzeln, mich fortreißen, hinaus in eine Welt, die ich nicht kenne, die mich nicht kennt. Doch was bleibt mir hier, außer dem Schmerz und der Vertrautheit? Was, wenn dieser Sturm wirklich das Ende bedeutet – das Ende von allem, was ich je gekannt habe?

Ich spüre die Verzweiflung in mir aufsteigen, wie die Wellen, die draußen gegen die Felsen schlagen. Und doch... ein Teil von mir sehnt sich danach, von diesem Sturm mitgerissen zu werden, fort von all dem, was mich quält, hinaus in ein neues Leben, fern von den Schatten der Vergangenheit.

Es sind wahrlich genug Erinnerungen, die mich bis in meine Träume verfolgen, genug Vergangenheit für ein ganzes Leben. Die Gegenwart will sich mir auch noch aufbürden, doch heute, heute weigere ich mich, heute lebe ich in der Leerstelle zwischen Vergangenheit und Zukunft, ohne Jetzt, ohne Hier.

Keine Zigarren für die Amerikaner! Keine riskanten Fahrten bei Nacht! Heute bleibe ich im Schutz meiner vier Wände.

Ich hatte mir vorgenommen, diesen Eintrag zu beginnen und meinen Tag in gewohnter Weise anzugehen. Doch dieser Sturm – er ist mehr als nur ein Wetterphänomen. Er spiegelt meinen inneren Zustand wider: Chaos, Verwirrung und Zerstörung. Die Außenwelt scheint das widerzuspiegeln, was in mir tobt. Vielleicht ist das ein Zeichen, ein Spiegel meiner selbst. Der Sturm zwingt mich, innezuhalten, zu reflektieren und meine Entscheidungen zu überdenken.

Die letzten Tage waren kräftezehrend. Immer wieder stelle ich mir die gleichen Fragen: Wie lange kann ich noch weitermachen? Es ist nicht nur der Sturm draußen, der mich in den Wahnsinn treibt – es ist der Sturm in mir, der mich erdrückt. Ich spüre, dass ich an einem Scheideweg stehe, einer Kreuzung, an der ich eine Entscheidung treffen muss, die alles verändert und nach der es kein Zurück gibt.

Die Nächte werden immer schlimmer. Der Schlaf entzieht sich mir – stattdessen liege ich wach, gequält von Gedanken und Erinnerungen, die mich nicht loslassen. Doch in dieser Nacht war es anders. Es war nicht nur die Dunkelheit, die mich erdrückte, sondern ein Geruch, süßlich, stechend, wie Honig und frische Tabakblätter, er erinnert mich an etwas, er verwirrt mich, doch ich kann es nicht greifen, und immer wenn ich den Zusammenhang fast erkenne, entzieht er sich mir wie etwas Glitschiges, Feuchtes, das ungesehen in der Dunkelheit lebt. Dieser Geruch war überall. Im Wohnzimmer, in der Küche, sogar im Schlafzimmer. Es war, als hätte er das Haus infiltriert, als würde er mich umgeben, wo immer ich auch hinging. Ich begann an meinem Verstand zu zweifeln. Verliere ich etwa meinen Verstand?

Ich konnte nicht anders, als mich zu fragen, ob all das, was ich in den letzten Tagen erlebt hatte, irgendwie miteinander verbunden war. Der Zettel, die Blicke, die ich in den Straßen gespürt hatte, das seltsame Verhalten von Gabriel – und jetzt dieser unheimliche, allgegenwärtige Geruch, der sich in meine Sinne gegraben hat. Es fühlt sich an, als würde sich ein Netz um mich zusammenziehen, ein Netz aus Lügen, Verrat und Dunkelheit – ich weiß nicht, wie ich entkommen kann.

Heute werde ich nicht fahren. Keine Kisten - keine Zigarren. Keine weiteren dunklen Nächte voller Angst. Ich bleibe hier, in meinem Zufluchtsort, und versuche, den Sturm zu überstehen – sowohl den draußen als auch den in mir. Doch ich weiß, dass dies nur eine vorübergehende Lösung ist. Der wahre Sturm ist noch nicht vorüber, und er tobt in meinem Herzen.

Eintrag Nr. 26 (Do 04.03.93)

Es regnet. Ein sanfter, beständiger Regen, der die Stadt mit einem gleichmäßigen Tropfenrhythmus beruhigt, als würde Havanna selbst endlich zur Ruhe kommen. Der Wind, der den Sturm brachte, hat nachgelassen. Nur eine leichte Brise weht noch, kühl und angenehm, während ich hier sitze, auf meinem Balkon unter dem Sonnenschirm, der mich wie ein alter Freund vor den letzten Ausläufern des Regens schützt. Der Regen ist nicht kalt, und er trägt den süß-salzigen Duft des Meeres mit sich. Der Mond versteckt sich hinter den Wolken, doch die Nacht hat ihre eigene Magie, eine, die ich lange vergessen hatte.

Heute Nacht gibt es keine quälenden Gedanken. Kein Karussell in meinem Kopf, das mich schwindelig macht. Keine Zweifel, keine Ängste. Alles hat sich verändert. Ich habe eine Entscheidung getroffen, und es fühlt sich befreiend an, beinahe so, als hätte ich die schweren Ketten, die mich so lange festgehalten haben, endlich abgestreift. Die Last auf meinen Schultern, die mich jeden Tag niederdrückte, ist verschwunden. Heute Nacht bin ich gelassen. Vielleicht zum ersten Mal seit Monaten. Es ist die Ruhe vor dem Ende, und ich genieße sie, so wie man die letzten Momente eines lang vergessenen Traums auskostet.

Ich habe mich entschlossen. Mein Plan steht. Es wird bald vorbei sein, und ich werde diesen Ort verlassen. Ich sehe es klar vor mir – der Ozean, das Boot, das mich in die Dunkelheit trägt. Ich weiß, was ich tun muss, und doch habe ich keine Angst. Vielleicht, weil ich weiß, dass das Ende ein Neuanfang ist. Vielleicht, weil ich spüre, dass irgendwo jenseits des Horizonts, wo die Sterne auf das Wasser treffen, eine bessere Zukunft auf mich wartet. Es mag noch unsicher sein, aber es ist meine Zukunft, meine Entscheidung.

Die Zigarrenlieferungen, die vielen stürmischen Nächte, die ständigen Versteckspiele... es wird bald nur noch eine ferne Erinnerung sein. Ich zünde meine letzte Zigarre an, eine hellbraune Cohiba, die ich seit Wochen für diesen Moment aufbewahrt habe. Der bläulich-graue Rauch steigt in Spiralen auf, verbindet sich mit dem feuchten, nach Erde und Meer duftenden Wind. Jeder Zug ist wie ein Abschied – ein letzter Gruß an das Leben, das ich hinter mir lasse. Diese Zigarre schmeckt heute anders. Voller, intensiver, vielleicht, weil ich weiß, dass es meine letzte ist. Es ist wie die letzte Patrone eines Soldaten, der sie nicht verschwendet. Ich rauche langsam, bewusst, koste jeden Zug aus, als würde ich die Zeit anhalten wollen.

Neben mir steht die Flasche Rum von Onkel Ramon. Nur noch ein paar Tropfen sind übrig, wie der letzte Tropfen Zeit, den ich in diesem Leben habe. Ich nehme einen Schluck, der Rum wärmt meinen Körper, lässt mich für einen Moment die Nässe und die Müdigkeit vergessen. Er schmeckt süß, mit einer Note von Honig und Holz, und doch bitter – wie der Abschied, der bevorsteht.

Gerade fällt mein Blick auf die goldene Standuhr, die mir Onkel Ramon geschenkt hat. Sie tickt leise, beinahe unhörbar, und zählt die letzten Stunden, die ich hier verbringe. Es ist ein wunderschönes Stück, ein Erbstück fast schon, auch wenn sie mir nicht von der Familie überlassen wurde. Ich überlege, ob ich sie mitnehmen soll – nicht nur als Erinnerung an dieses Leben, das ich bald zurücklasse, sondern auch, weil sie sehr wertvoll ist. Wer weiß, wohin mich die Reise führt? Vielleicht brauche ich das Geld. Aber vielleicht will ich sie auch behalten, um mich an schöne Momente zu erinnern, in denen die Zeit nicht so drückend auf mir lastete. Sie ist ein Teil von mir geworden, so wie der Rauch meiner Zigarren und der Geschmack des Rums. Diese Uhr hat die Zeit gemessen, während ich still dasaß und lange über mein Schicksal nachdachte. Jetzt, wo ich mich entschlossen habe, frage ich mich, ob ich wirklich etwas mitnehmen sollte – oder ob ich all das hier, samt Uhr, Zigarren und Träumen, zurücklassen muss. Vielleicht ist es besser so. Vielleicht gehört die Vergangenheit hierher, an diesen Ort. Vielleicht sollte nur die Erinnerung mit mir gehen. Ich weiß es nicht.

Der Regen prasselt sanft auf den Sonnenschirm, als ob die Welt mir ein letztes Schlaflied singen möchte. In der Ferne höre ich das Rauschen der Wellen, das gleichmäßige Plätschern des Wassers, das mich daran erinnert, dass ich bald auf diesen Wellen treiben werde. Und in dieser Stille, in dieser romantischen Nacht, träume ich. Ich träume von besseren Tagen, von der Freiheit, die mich erwartet. Von einem neuen Leben, irgendwo weit weg von hier, wo ich wieder atmen kann, ohne dass mich die Luft erdrückt.

Vielleicht werde ich eines Tages zurückkehren. Vielleicht werde ich eines Tages wieder durch die bunten Straßen von Havanna gehen, in denen ich aufwuchs. Vielleicht wird es dann eine bessere Zeit sein, und ich werde den Regen wieder spüren, aber als ein freier Mann. Oder vielleicht wird dies der letzte Regen sein, den ich jemals auf meiner Haut fühlen werde. Es spielt keine Rolle. Ich bin bereit.

Morgen wird es vorbei sein, und mit jedem Zug meiner Zigarre, mit jedem Tropfen Rum, verabschiede ich mich ein wenig mehr von diesem Leben.

Heute Nacht gehört mir...

Letzter Eintrag (Fr 05.03.93)

Dies hier ist mein letzter Eintrag. Wenn ihr dies lest, werde ich entweder schon lange tot oder in Mexiko sein. An diesem Punkt meiner Reise gibt es keinen Mittelweg mehr, keinen anderen Ausweg.

Onkel Ramon, Tante Maria – ich liebe euch. Ihr habt mir mehr gegeben, als ich jemals zurückgeben könnte. Ihr wart für mich da, als niemand sonst es war. Ihr habt mich unterstützt, mich geliebt, mir Zuflucht und Halt gegeben. Doch ich habe versagt. Ich habe euch enttäuscht, und dafür gibt es keine Entschuldigung. Ich hoffe, ihr könnt mir vergeben, so wie ich hoffe, dass Gott mir vergibt für all meine Fehler und Sünden.

Mein Vaterland, mein Volk – ich habe immer geglaubt, ich könnte euch dienen, euch unterstützen, euch treu bleiben. Doch die Wahrheit ist, dass ich den Druck nicht mehr aushalte. Ich bin kein Verräter, aber ich bin auch kein Held. Ich bin einfach ein Mensch, der zu schwach ist, weiterzukämpfen. Die Last, die ich trage, ist zu schwer geworden. Die Nächte, die ich auf den Wellen des Ozeans verbracht habe, die Zigarren, die ich geschleppt habe – sie haben mich aufgezehrt, bis nichts mehr von dem übrig war, der ich einmal war.

Gabriel, mein großer Bruder – es tut mir leid. Du warst stets ein Vorbild für mich, der Fels in der Brandung, wenn alles andere zerbrach. Ich wünschte, es hätte einen anderen Weg gegeben, ich weiß, dass ich dich enttäuscht habe. Vielleicht wirst du mir niemals verzeihen können, aber ich hatte keine Wahl. Ich habe versucht, stark zu bleiben, doch ich bin gescheitert. Der Druck und die Angst waren zu groß. Ich hoffe, dass du eines Tages Frieden mit meiner Entscheidung finden kannst.

An alle, die mich geliebt und unterstützt haben – ihr wart mein Licht in der Dunkelheit, mein Halt in den stürmischen Zeiten. Ihr habt mir Hoffnung gegeben, wenn alles verloren schien. Doch nun ist es an der Zeit, Abschied zu nehmen. Lebt wohl – euer Sohn, euer Freund, euer Bruder Orlando.

Ich habe lange darüber nachgedacht, wie ich diesen letzten Eintrag beenden soll. Mit jedem Wort, das ich schreibe, spüre ich die Endgültigkeit meiner Entscheidung. Wenn ich den Stift niederlege, ist es vorbei. Mein Leben hier in Kuba, meine Kämpfe, meine Träume – all das endet mit diesen Zeilen. Vielleicht gibt es in Mexiko einen neuen Anfang, ein Leben ohne die Schatten der Vergangenheit. Vielleicht werde ich dort Frieden finden, den ich hier nicht mehr finden kann.

Doch wenn das nicht der Fall ist, dann möge Gott meiner Seele gnädig sein. Ich gehe diesen Weg mit der Hoffnung, dass irgendwo, irgendwie, das Licht wieder scheinen wird. Wenn nicht auf dieser Welt, dann vielleicht im Jenseits. Lebt wohl, Freunde. Dies ist das Ende meiner Geschichte.